KB149175

암을 이기는 명상

글 · 유현민

프롤로그

봄은
봄이라고 말하는 사람의
가장 낮은 목소리로 온다고 노래한
어느 시인의 말에
조용히 고개 숙입니다.
가을을 보내고
겨울을 맞이하는 내게 봄은 찾아올까요?

이제
겨울이 오면,
눈 내린 하얀 길 저 끝에
무엇이 있는지 알아봐야겠습니다.
그리고 가슴에 눌러 담았던
슬픔을 버리겠습니다.

유현민

차례

제2부

제3부

제1부

"

삶에서 하고자 하는 바를 다 하고

세상을 떠나는 사람은 지극히 드물다.

나는 나의 일생에서

하고자 하는 바를 다했다.

모래시계

믿음이 있어야만 하는 곳에 믿음이 사라지는 것을 바라보는 것은 너무나 가슴 아픈 일입니다.

모래시계의 모래처럼, 사르르 떨어지는 이 고독한 시간을 위하여 나는 지금 무엇을 해야 할 것인가? 그 시간의 깊이, 그 세월의 깊이를 얻는 시간으로 만들려면 나는 지금 어떻게 살아가야 하나? 몸에 생겨난 병마를 경계하면서 내면의 측량조차 어려운 이 시간을 지금 내가 견디고 있는 것은 아닐까? 내가 내 몸이 병마에 시달리고 있다고 생각하는 순간, 고독한 시간에서 맞이한 저 모래알마저 정지되고 모래시계의 멈춤과 동시에 나는 사라진다?

그럴 순 없다. 내가 나를 보내는 일은 신이 할 일이고 운명이 할 일이지, 내가 할 일은 정말 아니다. 그래서 지금 이 시간, 난 일어서야 하고 움직여야 하고 먹어야 하고 잠을 자야 한다. 나른한 시선을 거두고 별빛 반짝이는 것처럼 눈망울이 빛나야 한다. 메말랐던 가슴과 입술을 촉촉하게 하고 내 얼굴에 윤기를 드러내야 한다.

이런 다짐을 하면서, 이 여러 가지 의문을 의문문 억양으로 말할 힘조차도 없으면서, 그리고 수없는 다짐을 되풀이해도 여전히 정지된 삶의 기능을 어떻게 회복시켜야 하는가에만 골똘합니다. 어제도 그래왔고 오늘도 그러고 있으며 내일 또한 그럴 것입니다. 이제 비창의 아리아는 부르지 않겠다고 수없이 다짐을 해도 그 노래는 하루에도 수없이 아린 목젖을 타고 넘어옵니다.

믿음이 있어야만 하는 곳에 믿음이 사라지는 것을 바라보는 것은 너무나 가슴 아픈 일입니다. 분명히 내가 살 수 있다는 믿음과 운명은 하늘이 정해준 것이란 믿음을 가지고 내가 살 수 있는 한을 살아가고 있다고 믿고 있어도, 그것이 내 삶의 변해질 수 없는 뜻이라고 아무리 나를 위로하고 또 위무해도 여전히 마지막에 무너지는 믿음을 나는 용서할 수 없습니다.

하지만 나를 위해서, 내 존재를 일으켜 세우기 위해서는 당신은 분명한 다짐이 필요합니다. 여전히 믿음을 소중하게 간직하고 있어야 합니다. 믿음보다 소중하고 힘을 주는 것은 그리 흔하지 않습니다. 이를 능가할 그 무엇도 거의 없습니다.

믿음이 가져오는 것은 희망이란 부표입니다. 망망대해 그 모든 것에 절망이 차있어도 우리가 발견해야 하는 것은 희망이란 부표인 것입니다. 그것을 찾기 위해 거친 바다를 항해하는 것입니다. 그런 뒤 당신이 발견할 수 있고 맞이하는, 너무도 눈부시게 햇빛이 비쳐 반짝이는 물결, 바로 윤슬이 보이게 됩니다.

견딜 수 있어야 합니다. 풍랑을 견디고 풍파도 견디고 풍산의 혼미한 정신도 견뎌야 합니다. 기쁜 일이 있을 때는 모든 세상이 나를 중심으로 돌아가는 것처럼 느껴지고 슬픈 일이 있을 때는 모든 세상이 나를 홀로 두고 가는 것 같은 생각이 듭니다. 이 역시도 그 상태를 온전하게 받아들여야 합니다. 인간의 속성이 다 그러하니까요. 나무랄 일도 아니고 자연스러운 생각입니다. 나 또한 그렇게 살고 있기 때문입니다.

우리들 삶은 어떠한 경우라도 방향등이 켜져 있어야 합니다. 그것이 인생의 첫 시작이고 마지막입니다. 그러하기 위해서 우린 분투하고 노력하면서 인생을 또한 조율하고 살아가야 합니다. 바로 감정의 조율을 말이지요. 그래서 우리는 영원히 인생의 조율사가 되어야 합니다.

잃어버린 등대를 찾아가세요. 그것이 곧 나를 찾는 길입니다. 나의 믿음을 공고히 다지는 길입니다. 그리고 희망을 이어가는 일입니다. 모래시계는 지금도 사르르 떨어집니다. 그러나 고독한 시간 속을 영위하는 것은 아닙니다. 시계가 규칙적으로 그저 원판 위를 돌아가듯 모래시계도 생의 한 구절을 세고 있을 뿐입니다.

삶으로의 여행

삶과 죽음의 문제는 인간 모두가 공통적으로 가지고 있는 문제입니다. 다만, 이것을 어떻게 받아들이느냐 하는 문제가 다를 뿐입니다.

지금 내가 걸어가고 있는 이 비탈진 길은 내 인생의 구간에서 그저 소구간의 하나일 뿐 마지막 구간이라는 생각은 하지 말아 주십시오. 아름다운 삶의 여행에서도 지루하고 힘들고, 이제 그만 그 여행을 멈추고 싶다는 순간은 있습니다.

누구나 여행을 언제까지 지속할 수는 없습니다. 원만한 여행이 끝나면 다시 있던 자리로 돌아옵니다. 그것도 인생의 소구간에 속하는 일입니다. 그런데 어쩐 일인지 지금 내 삶이 몽당연필처럼 아주 짤막하게 느껴집니다.

술에 취했을 때처럼 흔들리는 세상이 보이면 나는 늘 혼자라는 외로움에 시달려야 했습니다. 왜 살아야 하는지 나 자신을 잊고 있을 때가 많습니다. 삶과 죽음에 대한 의문이 자꾸 나를 괴롭힙니다. 내 몸에서 모든 기운이 다 빠져나간 것 같아 말할 힘조차 생기질 않아 입술이 열리지 않습니다. 무기력하다는 것이 무언지 알았습니다.

처음, 이렇게 마음이 졸렸던 적은 없었습니다. 게슴츠레 눈이 감기며 잠속에 자꾸 빠져듭니다. 인생이 별것 아니라는 생각이 자주 듭니다. 삶이 뭐 별것이며 죽음이 뭐 별것이냐고 그것들에 대한 진지함이 사라져버렸습니다. 지나간 날들에 대한 회한에 사로잡혀 멍해질 정도의 둔한 감정에 휩싸여 내가 나를 잊을 때가 많습니다. 이것이 내 생애에 대한 결론이 아닐까 생각하니 소름이 끼칠 정도로 두려움이 앞섭니다. 슬픈 일 아닌가요?

슬픈 일이겠지요. 어찌 슬픈 일이 아니겠습니까? 하지만 기운을 내야지요. 그리고 우리 나쁜 진실들은 잊읍시다. 그것들은 오직 그것들의 것이니까요.

삶과 죽음의 문제는 인간 모두가 공통적으로 가지고 있는 문제입니다. 다만, 이것을 어떻게 받아들이느냐 하는 문제가 다를 뿐입니다. 특히 죽음에 관한 문제에 있어서는 더욱 그렇습니다. 내 존재 이유에 대한 것도 물론이구요.

죽음은 우리의 가장 확실한 미래이고 가장 확실하게 예측할 수 있는 것으로 이보다 확실한 진실은 없습니다. 죽음이란 생명 활동이 멈추어 원래 상태로 돌아오지 못하는 생물학적 종말입니다. 그래서 걱정과 두려움에 싸이게 되는 것이지요. 만일 사람이 죽어서 그 경험을, 되돌아와 그 세상을 설명해 줄 수 있다면 아마 죽음에 대한 걱정과 두려움에 싸이는 것이 훨씬 줄어들지 않을까요?

중국 춘추시대에 쓰인 '서경' 에는 오복이 나옵니다. 오래 살고壽, 부유하고富, 건강하게 살고康寧, 남을 돕고攸好德, 편안하고 깨끗하게 죽는 것考終命을 말하는 것이지요. 그 중에서 오복 중 맨 나중의 고종명은 어쩜 인간이 수를 다하고 마지막 바라는 소망이 아닐는지요.

수많은 문헌과 담론이었던 오복은 2,000년 이상 세월이 흘렀지만 아직도 그 오복은 다섯 가지의 복이 아니라 하나의 복으로 덩어리져 내려왔습니다. 그 어느 것도 소홀할 수 없는 것이기에 하나로 뭉쳐져 그 많은 세월을 미끄러져 내려온 것이겠지요.

그리고 세상에 소용되지 않는 일이 있던가요? 대부분 구불구불한 목재는 쓸데없는 목재이고 곧게 뻗은 목재는 훌륭한 목재라는 인식입니다. 구부러진 나무는 그저 선산을 지킬 뿐인가요? 아닙니다. 구부러진 소나무는 선산을 지키기도 하지만 아틀리에에서도 그 멋을 나타냅니다. 훌륭한 목재라는 인식은 들지 않더라도 아름다운 목재라는 인식에는 동감합니다.

이 모든 것에서, 구각을 탈피하고 새로운 인생을 찾고 또 만들어 가십시오. 내가 나를 규정하고 구현하는 매체로 글쓰기 문학을 떠날 수 없었던 것처럼 당신도 당신을 규정하고 구현하는 그 무엇을 뚜렷하게 가지고 있어야 합니다. 그러면 됩니다. 그러면 지금 당신의 마음이 그토록 졸리진 않을 것입니다.

괄호를 벗겨내 보세요

나의 마음속에 가벼운 깃털을 달고 맘껏 세상을 향해 날아갑니다. 희망을 갖는다는 건 내가 틀림없다고 생각하는 것을 믿는 것입니다.

명상은 가르치는 것이 아니라 발심發心에서 우러나온 자기수행이라고 생각합니다. 근원을 찾고 근본의 이유에 다가서는 생각이지요. 저는 그렇게 생각합니다.

마음이 비雨 잡으면 우울할까요?
마음이 눈雪 잡으면 포근해질까요?

인생의 여정에서 많은 일들이 뜻대로 되지 않을 때 낙관적인 생각을 갖기란 그리 쉬운 일이 아닙니다. 인간의 심리가 그렇게 여유를 가지고 있지 못하거든요. 그럼에도 불구하고 낙관적인 생각을 가져야만 하는 건 나를 위한 일입니다. 내 정신을 갉아먹고 가슴을 쥐어짤 정도의 고통을 순화시키는 것도 나 자신이 해야 하고 나를 위한 일입니다.

여러 단어 속에서 인생이란 그리 많지 않은 추상적인 명사임을 알 수 있습니다. 인생이 무엇인가에 대해서 인생은 개개인에 따라 다른 모형으로 진행되기 때문에 간단하게 정의를 내릴 수는 없지만 '성실하게, 진지하게, 최선을 다해' 오늘을 살아가는 것이 아닐까요? 그러면서 얻어지는 행복, 만족한 정신적 자유를 찾아 그것을 누리는 것입니다.

인간의 행복은 단순히 물질적 소유에서 오는 것이 아니며 그렇다고 불행 또한 소유의 결핍에서 오는 것도 아닙니다. 만족한 삶을 느끼면 됩니다. 그것이 세상에 태어나 복됨을 누릴 수 있는 진정한 행복이라고 생각합니다.

삶의 행로는 거칠지만 부드럽기도 합니다. 어떤 구간에서는 모래바람이 불고 황토먼지가 날리지만 어떤 구간에서는 싱그러운 바람이 내 온몸을 감싸면서 날 리드하기도 하지요. 이는 누구에게나 평등한 원칙을 고수합니다.

두려운 마음이 생기면 그 안에 (나는 두렵지 않아요)라고 적어보세요.

외로운가요? 나 자신에게 그런 물음이 오면 (나는 외롭지 않아요)라고 대답해 보세요.

이 좌절, 이 고통, 왜 나에게 찾아온 것인가요? 나는 잘못한 것이 하나도 없는데, 내가 무슨 죄를 지었다고, 하는 혼돈이 나를 뼈저리게 하고 아프게 합니다. 그럴 때면 난 (종류만 다를 뿐 인간은 누구나 다 그런 좌절과 고통을 느끼게 됩니다) 하고 나를 위로해 보세요.

그런 다음 괄호를 벗겨내 보세요. 그러면 그것이 곧 나의 것이 되고 힘이 되고 있다는 것을 느낄 것입니다. 우리는 괄호 안의 목소리가 곧 내 생명임을 알게 됩니다. 그래서 우리들 삶에 는 내가 바라는 괄호가 필요합니다.

나의 마음속에 가벼운 깃털을 달고 맘껏 세상을 향해 날아갑니다. 희망을 갖는다는 건 내가 틀림없다고 생각하는 것을 믿는 것입니다.

점차 비워가는 가슴을 무엇으로 채울 수 있을까요? 이대로 텅 비어 있으면 그 가슴은 빈 채로 허공을 닮아가겠지요. 채움, 그것은 이제부터 당신이 해야 할 일입니다. 새로운 생명을 부여받을 수 있는 요점이기도 하구요.

당신에게 당면한 불행에 대해 두려워하지 마세요. 그것은 천둥소리를 듣고 두려움을 느끼는 것과 같아요. 천둥소리는 아무리 커도 그 소리에 생명을 잃는 요소는 이미 사라졌습니다. 천둥소리는 이미 전기가 방전된 뒤에 나오는 것으로 생명을 빼앗을 수 없습니다. 그럼에도 우리는 그 소리에 놀라며 몸을 움츠립니다. 그런 것과 같은 두려움을 버려야 합니다.

"피할 수 없는 일이라면 기꺼이 받아들이라."

이 말은 예수께서 탄생하기 400여 년 전부터 전해져 내려왔던 말입니다. 그런데 이 말이 지금까지도 많은 사람들에게 하나의 교훈의 말로 전해지고 있고 또 많은 세기가 지나도 이 말은 여전히 많은 사람들에게 교훈으로 남는 말이 되고 있습니다.

이 말이 당신에게 중요합니다. 어쩔 수 없는 일은 그대로 받아들이고 그 결론과 대항하는 일, 그것이 곧 어둠을 밀어내고 밝음을 찾는 일입니다.

내면의 소리에 귀를 기울이십시오.

무언가 저 깊은 심연에는 울림이 있습니다.

프랑스계 캐나다 신부인 베르나르 스네칼, 한국이름 서명원 신부가 한 언론과의 인터뷰에서 말한 내용이 불현 듯 떠오릅니다.

"각자의 삶에서 '내면의 소리'를 찾아가는 게 왜 중요한가요?"

기자의 물음에 그는 이렇게 답합니다.

"프랑스 작가 앙드레 지드는 이렇게 말했다. '삶에서 하고자 하는 바를 다 하고 세상을 떠나는 사람은 지극히 드물다. 나는 나의 일생에서 하고자 하는 바를 다 했다.' 무슨 뜻일까. 내면의 목소리를 따라갈 때 우리는 본질적으로 살게 된다. '죽을 때 여한이 없으려면 지금 당장 어떻게 살아야 할까?' 이런 물음을 던져보라. 답이 어디에 있을까. 자기 가슴에서 올라오는 '내면의 소리'에 그 답이 있다고 본다."

‘나의 운명은 정해져 있습니다

정말 우리는 많은 것을 모르고 삽니다. 그러면서 누구나 삶에 대해 다 아는 것처럼 행동하고 말합니다.

모래톱을 건너며

백조의 노래

해는 지고 저녁 별 반짝이는데
날 부르는 맑은 음성 들려오누나
나 바다 향해 머나먼 길 떠날 적에는
속세의 신음소리 없길 바라네

움직여도 잠자는 듯 고요한 바다
소리거품 일기에는 너무 그득해
끝없는 깊음에서 솟아난 물결
다시금 본향 찾아 돌아갈 적에

황혼에 들려오는 저녁 종소리
그 뒤에 밀려오는 어두움이여
떠나가는 내 배의 닻을 올릴 때
이별의 슬픔일랑 없길 바라네

시간과 공간의 한계를 넘어
파도는 나를 멀리 싣고 갈지나
나 주님 뵈오리 직접 뵈오리
하늘나라 그 항구에 다다랐을 때
–테니슨詩 김동길譯

지나간 세월이 아름답게 비치는 것은 이미 그 시절에서 멀리 떨어져 있기 때문일 것입니다. 역사를 통틀어 보아도 더 멋진 시대란 따로 없었던 것처럼 사람들의 삶은 언제나 비슷비슷했고 고만고만 했습니다. 이제 막 생명으로 태어났는가 했는데 어느새 생이 다하여 이 세상을 떠나게 됨을 느낄 시기에 다다릅니다.

이럴 때 나는, 마치 열매가 시간이 지나면 자기를 낳고 키워준 계절과 나무에서 떨어져 나가듯 인생은 그런 것이라 생각하고 편안한 마음으로 남은 생애를 살아가겠다는 다짐을 합니다. 내 생애는 내가 만들어 가는 것이고 치적은 내 힘으로 쌓아가는 것입니다. 남에게 의탁할 시기는 내 어린 시절뿐 내 인생은 내 스스로 걸어가야 하기 때문입니다.

운명은 오늘도 지금 이 순간에도 우리에게 다가오고 있습니다. 그 내용이 무엇인지 알 수는 없지만 어쨌든 무엇이 다가오고 무엇이 일어나고 있는 것만은 분명한 사실입니다.

인간의 운명이 결정되는 것은 아주 짧은 순간입니다. 그런데도 생명을 부여잡고 우리는 온통 지나간 날만을 그리워합니다.

그러지 말아요. 과거를 그리워하는 것은 현재의 시간이 존재하지 않는, 생명이 다한 사람들의 것입니다. 내 운명이 속한 세상에서 밝고 맑은 마음으로 살아가요. 많던 적던 현재 내가 소유한 시간이 가치 있고 중요한 것입니다. 두려움 없는 운명 속으로 들어가 가장 충실한 인생이 어떤 것인가를 생각해야 합니다.

바람이 불면 누구에게든 이익이 된다는 긍정적인 마음으로 세상을 보고 내가 필요한 세상을 찾아가는 그 시점을 파악하세요. 물음표에 해당하는 사고와 느낌표에 해당하는 감정과 쉼표에 해당하는 휴식을 찾기 위해 가만히 명상하세요. 거기에 내가 있음을 발견하고 확인하세요.

나의 운명은 정해져 있습니다. 그 어떤 방향으로든 운명이 정해져 있지 않은 사람은 없습니다. 그렇다면 운명을 소요할 나침반이 필요합니다. 어떤 운명을 살아가야 할 것인가를 정하는 것도 지금의 이 시기가 아닐까요?

조용한 시간 속에서 그대의 눈으로 자신의 마음을 보십시오. 모든 실마리가 생겨나고 방향이 정해지며 목표의 진단이 나옵니다. 나는 왜?라는 끝없는 물음과 그 물음에 필요한 해석을 찾아낼 수 있습니다.

우리는 모두 비슷한 운명을 지니고 있기에 함께 모여 사는 것일 겁니다. 행과 불행의 교차를 겪는 것도 모두 비슷하고 서로는 이길 처지도 아니고 질 처지도 아니게 서로 주섬주섬 챙기며 함께 살아갈 비슷한 운명을 지닌 사람들이었다고 깨달아집니다. 돌아보면 별 것 아닌 것들이 대부분이었습니다. 괜히 주눅 들었던 것도 내 감정이 내린 결론이었고 한 번 우쭐해 사람을 잠시 깔보고 대했던 것도 내 감정이 내린 못된 심사들이었죠.

사람의 심리는 우물이 마를 때까지 그 우물물을 그리워하지 않는 결정적인 단점이 있습니다. 방앗간에 오는 것은 모두 곡물인데도 알지 못하고 풍향을 알려주는 것이 풍차라고만 알고 있지 지푸라기도 풍향을 알려준다는 것은 생각하지 못하고 살았습니다. 내가 잘 살아가고 있는 곳이면 그곳이 내 집이고 내 마을인 것을, 그럼에도 불구하고 남에게 보이는 것에만 신경을 써 정작 내가 편함을 누리고 사는 고마움을 잊고 살았습니다.

낙엽 한 잎은 가을이 다가옴을 알리는 것이란 걸 눈치 채지 못했습니다. 그리고선 삭풍을 맞이하고서야 비로소 어깨를 움츠리고 겨울준비에 허둥대고 있었습니다. 겨울의 혹한이 찾아오고서야 소나무와 잣나무도 시든다는 것을 알았습니다.

정말 우리는 많은 것을 모르고 삽니다. 그러면서 누구나 삶에 대해 다 아는 것처럼 행동하고 말합니다. 형식에 매몰되고 의식은 심하게 굴절되어 삶의 여유로움을 잃어버렸을 때 우리에게 다가오는 것은 과연 무엇일까요?

우리가 겪는 모든 것들을 은유적으로 나타낼 수 있다면 이런 것 아닐까요?

"아픔의 비 멈추고, 기쁨의 비가 내리길……."

이제 더 이상 정리되지 않은 가슴만 끌어안고 살지 않겠습니다.

나는 창을 엽니다

인생을 멀리 보면 아직도 많이 남은 것 같습니다. 그러나 좀 더 세월을 먹고 산 뒤 뒤를 돌아보면 그것이 얼마나 짧은 시간이었던가를 깨닫게 됩니다.

당신은 어둠입니다, 나도 어둠입니다. 칠흑의 장막에서 만난 그 어둠, 이제 우리는 그리로 동행합니다.

나는 창을 엽니다. 마음의 창을 말이지요. 그리곤 나의 마음 안에 담겨진 모든 것들 하나하나를 주섬주섬 청소하듯 들어내 창문 밖으로 던져버립니다. 그러자 밑바닥 언저리에서 화룽거리며 나를 들끓이고 올라오는 저 웅성거림, 그 웅성거림이 당신에게도 들리나요?

가장 먼저 지난 날, 아니 조금 전까지도 나를 슬프게 했던 병마를, 그것으로 인해 내 입술이 하얀 소금기에 절어 있었던 그 병마를 어둠속으로 던져버립니다. 다음은 내 삶의 시기를 재단하면서 허공에 손을 저으며 생의 단편에 흘러간 저주스런 불행이란 관념을 내던져버립니다.

진하게 미련이 남았던 모든 일들이 있었지요, 늙어 죽을 땐 아무 소용이 없는 것이 돈이면서 돈에 집착하였으며 남들보다 더 좋은 집에 살고 싶어 죽어라 내 정신과 육체를 손상시켰으며 언제나 남들과 비교하면서 괴로워하였던 것들 등등 속물에 속했던 모든 것들을 창밖으로 던져버립니다. 또한 가장 위대한 인물이 되어야 한다는 필요성, 가장 성공해야 한다는 필요성, 가장 옳아야 한다는 필요성, 절대적인 가치가 아니었던 그런 모든 욕망들도 함께 던져버립니다.

욕망에 관한 한 사람은 짐승만도 못하다고 어느 사회학자가 말했습니다. 짐승은 배가 부르면 먹던 것도 미련 없이 남겨두고 가는데 인간은 왜 그렇지 못한 것일까요? 죽을 때까지 잘 살고 잘 먹을 것을 챙기려는 그 상상적 욕망, 인간은 그 욕망 때문에 오늘도 재물의 노예로 살고 있는 것입니다. 버리고 또 버리면 됩니다. 이제껏 마음속에 두었던 그 모든 욕망의 찌꺼기마저 깨끗하게 닦아내십시오. 그러지 않으면 부패되어 어지러운 냄새를 풍깁니다. 모든 것의 근원은 욕망이었지만 이제 그 채워지지도 않고 채울 수 없는 헛된 욕망이라는 이름의 전차에서 내려오는 것입니다.

그대가 가장 넉넉할 때 가장 가난하게 보일 수 있다는 사실을 명심해야 합니다.

이제 내 마음의 방은 이사를 나간 집처럼 휑하니 모두 비워버렸습니다. 방 안 구석에 자리 잡았던 꽃내음까지도 따라가 버렸군요. 숨결에 젖어 있었던 나의 모든 것들이 입김으로 나가버렸어요. 멍한 눈동자로 바라보았던 죽음 너머도 보이질 않는걸요.

그런 텅 빈 방에서 아침 바람결을 창문에서 턱받이를 하고 온몸으로 받아들입니다. 그렇듯, 내가 이제부터 오늘 노을 녘까지 받아들이고 채워야 할 그 무엇들이 있는 것 같아요. 그리곤 새로운 것들을 받아들여야 할 것 같고요. 그래서 이제 나는 모든 것을 던져버린 창을 통해 세상에서 내가 받아들이고 싶은 것들을 주워 담기 시작합니다.

소름이 끼칠 정도로 즐겁게 살아야 합니다. 해는 가난한 사람의 창에도 부잣집의 창에도 똑같이 곱게 비출 것이고 봄이 되면 눈은 똑같이 그 창문 앞에서 녹습니다.

마음이 편하고 조용한 사람은 가난한 집에 살아도 커다란 집에 있는 것처럼 만족하고 즐거운 생각으로 살아갑니다. 사람들은 대부분 남의 도움을 달갑게 여기지 않으면서도 부정직하게라도 자립하는 것을 자랑스럽게 여기는 경우가 많은데 이것은 매우 불명예스러운 일이지요.

가난할지라도 너무 많은 것을 얻으려고 마음을 괴롭히지 마세요. 헌 것을 뒤집어서 다시 지으면 됩니다. 옛것으로 돌아가는 겁니다. 식사는 변하지 않아요. 우리들이 변하는 것입니다. 그대의 의복을 팔아치우고 그대의 생각을 비워버린 마음속에 넣어 두세요.

이제 마음이 채워졌나요? 당신의 마음도, 나의 마음도 그것들로 가득 채워졌어요. 이번엔 더는 들어와 채울 수 없는 마음 언저리에서 화룽거리며 나를 들끓이는 아우성을 듣습니다. 그 아우성이 들리나요? 모든 것이 당신의 가슴 속에서 빠져나갈 때처럼 싫지 않을 것입니다.

그런 뒤, 마음을 모두 갈아치운 뒤 우리는 착한 마음으로 겸손하게 살아가는 것입니다. 그러나 진지해야 합니다. 한 번 뿐인 인생을 대강 살아서는 안 되기 때문입니다. 진지하지 않고 가볍게 장난처럼 살면 인간은 여타 동물보다 더 형편없는 동물이 되는 것입니다. 왜냐하면 그 어떤 동물도 자기 탄생의 이유와 생명을 간직하는 세상을 장난처럼 살지는 않으니까요.

인생은 짧은 이야기와 같지만 중요한 것은 그 길이가 아니라 값어치입니다. 삶은 흐름이며 시간을 타고 조금씩 앞을 향해 가다 종내 생명의 에너지가 끊기고 세월은 한 인간을 무화無化시켜 한 줌의 흙으로 만듭니다.

인생을 멀리 보면 아직도 많이 남은 것 같습니다. 그러나 좀 더 세월을 먹고 산 뒤 뒤를 돌아보면 그것이 얼마나 짧은 시간이었던가를 깨닫게 됩니다. 어느새 거의 인생의 종착역에 다다른 것이지요. 그런 것입니다. 삶이 바로 그런 것입니다. 세상에 태어나 내가 할 수 있는 일이라곤 반사적인 행동밖에 없었지요. 스스로 통제할 수 있는 일련의 근육은 그저 어머니의 젖을 빠는 데 힘을 쓰는 정도였다가 또 그 정도의 힘만 남았을 때 떠나는 것입니다.

그러나 별것 아니었다고, 허무했다고 책망하진 마십시오. 태곳적부터 지금까지 인간의 삶이 그래왔습니다. 또한 앞으로도 영원히 그럴 것입니다.

낮과 밤은 빛과 어둠이 토해낸 것입니다

어둠을 몰고 오는 밤은 세상이 던지는 덧없는 그림자이며 불행은 잠시 나를 뒤덮은 그늘에 불과합니다.

낮과 밤은 겉으로는 다르지만 똑같은 목적을 행하고 있으며 서로의 일을 완성하기 위해 서로 본위에 충실하고 있습니다.

낮과 밤은 빛과 어둠이 토해낸 것입니다. 아무리 낮과 밤이 서로 맞서고 있다 해도 그들은 우리가 살고 있는 이 지구의 표면을 완전히 덮지 못하고 절반만 덮을 뿐입니다. 낮을 지내면 밤이 올 것을 두려워하는 사람도 밤을 맞이하면 이내 아침이 밝아 올 것을 알면서 희망을 찾습니다. 우주의 법칙에 의해 찾아온 빛과 어둠의 이치를 이해하면서 살아간다면 빛과 광선이 어둠을 통렬하게 깨뜨리는 그 광경 속에서 무한의 진리를 얻게 됩니다.

눈부시게 빛나도록 세상을 비추던 태양의 빛도 이내 저물어 노을에 물들고 어둠에 고요히 잠기는 것을 보면서 진리의 속성에 다가섭니다. 하지만 빛과 어둠의 내면에는 그것을 영원히 지탱해 줄 여타 보호기능이 없습니다. 오로지 우주의 법칙에 따른 수단만 되풀이할 뿐 한 점 오류도 없습니다.

어둠을 사랑하는 동안에는 그 어떤 빛도 받을 수 없는 것, 하지만 빛을 사랑하는 동안에는 그 어떤 어둠도 밀쳐버릴 수 있으며 모든 것이 긍정되고 상상할 수 없는 에너지가 발생합니다.

어둠을 몰고 오는 밤은 세상이 던지는 덧없는 그림자이며 불행은 잠시 나를 뒤덮은 그늘에 불과합니다. 밤이 지나면 밝은 세상으로 변하고 불행 역시 행복으로 바뀌는 순환이 되풀이되며 어둠은 빛이 들어올 때만 사라집니다. 불행은 행복만이 변화시킬 수 있습니다.

삶의 여러 일들에서 우리는 별 근거도 없이 낙관적으로 생각할 때가 있지요. 그러나 또한 여러 일들에서 우리는 별 근거도 없이 비관적으로 생각할 때도 있습니다. 이것은 빛과 어둠, 낮과 밤의 대비와 별다르지 않습니다.

우리들 삶은 들끓는 감정으로 어느 부분에선 좋은 점도 나쁜 점도 같이 있고 여러 상황들에 휩쓸려서 자신의 신념을 접어야 할 때도 있습니다. 나를 묘사할 때도 때에 따라 갈등도 하고 힘들어하기도 하고 외로워하기도 하고 비난도 듣는 그런 묘사가 있었으면 합니다. 낮과 밤의 대비처럼 말입니다.

인간의 의식은 단순합니다. 아니 자신의 입장과 환경에 등치시켜버리려 합니다. 낮은 낮대로 밤은 밤대로, 빛은 빛대로 어둠은 어둠대로, 낙관은 낙관대로 비관은 비관대로.

지구라는 정교하게 균형 잡힌 푸른 회전체 위에서 살아가는 우리들은 희망이 절망으로, 기대가 포기로 변해가는 것을 경계해야 합니다. 그것은 인생 전반에 걸쳐 한시도 경계심을 늦추어선 안 되고 조심해야 될 것입니다.

하늘이 어둡다고 하늘을 바꿀 순 없습니다. 그런 현실을, 인정하면서, 순리대로 살아 갈 수 있음을 의지로 보여주어야 합니다.

‘우린 이런 시대에서 살고 있습니다

이제 당신의 병을 치료할 수 있는 세상이 가깝게 다가오고 있습니다. 불가능을 가능케 하는 세상이 온 것입니다. 그래요, 우리는 지금 이런 시대에서 살고 있습니다.

유전학적으로 본다면 우리가 타고난 두뇌는 4만 년 전의 석기시대 때와 크게 다르지 않다고 합니다. 그런데 우리는 그 시대와 엄청나게 다른 구조의 시대에 살고 있으며 도저히 해석할 수 없는 고난도의 문명에 혼란을 겪으며 살아가고 있습니다.

트위터의 최대 메시지는 140자에 불과하지만 전 세계 수백만 사용자들에게 전해지는 시간은 몇 초도 걸리지 않습니다. 우리는 이런 시대에서 살고 있습니다. 이 위력적인 문명은 우리를 편리하게도 하지만 혼란스럽게도 하지요.

우리는 이미 앨빈 토플러가 말한 ‘미래의 충격’ 을 경험하기 시작했습니다. 얼마나 빠른 속도로 변화하는지 도저히 그 변화의 크기와 속도를 따라 갈 수 없을 정도죠. 레이더와 위성의 전파가 늘 우리 주위를 감싸고 있으며 그 어떤 단단한 물질과 두께도 투과하여 그것이 어떤 사물인지를 밝혀내는 놀라운 세상에 살고 있습니다.

의학의 발전은 또 어떤가요?

암은 악성 종양으로 그동안 가장 무섭고 두려운 병으로 인식되어 왔고 사실이었습니다. 그러나 지금은 웬만한 암은 거의 정복되어 가고 있으며 그 가운데 중입자 선을 이용한 치료가 있는데 이는 '꿈의 암치료법' 이라고도 부르며 현재 기준으로 암 정복에 가장 근접한 치료법으로 암환우들에겐 대단한 희소식이 아닐 수 없습니다.

재작년 즈음에 모 일간지(ㅈ일보)에 실린 암에 대한 특집기사를 보고 놀라움을 감추지 못하였습니다. 그 내용을 그대로 인용하자면 이렇습니다.

"중입자선 치료의 원리는 간단하다. 신체를 투과한 중입자선이 특정한 곳에서 에너지를 급속하게 방출시키는 성질을 이용했다. 예를 들어 중입자선이 실어 나른 탄소 이온이 암세포에 닿는 순간 방사선 폭발을 일으킨다. 탄소 이온은 폭발할 때 암세포의 DNA도 끊어내는 성질이 있는데, 결국 이게 암세포의 전이를 막는 역할을 한다. 이 치료법을 활용하면 몸에 칼을 대는 외과수술은 필요 없다. 기존 방사선 치료에 사용되는 X선이나 감마선과 달리 정상세포에 손상을 주지 않는다는 것도 이 치료법의 장점이다. X선 등은 피부에 가장 강력하게 쏘이게 되며 체내로 들어갈수록 살상능력이 현저하게 줄어든다."

그리고 "중입자선 치료는 정확히 종양만을 제거하기 때문에 치료 효과가 뛰어나고 신체 부담이 적으며 치료 시간도 짧다. 현재로

선 최고의 암 치료법" 이다.

이제 머지않아 이런 기술이 우리나라에도 도입되어 중입자 가속기를 이용하면 암 완치율은 80~90%에 달한다. 이제 암도 두려운 병이 되지 않는다. 환자의 호흡에 따라 중입자를 쏘는 호흡동기조사 기술도 보유하고 있어 치료가 어려운 폐암의 완치율도 높고 중입자 치료에 방사선 동위원소를 활용하면 암을 완전히 없앨 수 있다.

※중입자선=방사선의 일종으로 물질 에너지를 파동과 입자의 형태로 전달하는 역할을 한다. 방사선 안에서 수소이온보다 큰 것을 중입자라고 부른다. 이 중 탄소이온은 암 살상능력이 가장 높다.

좀 더 암환우들을 위해 기사의 내용을 인용하자면 이렇습니다.

"최근 국내외에서 가장 주목 받는 치료법 중 하나는 표적 항암치료의 일종인 면역치료다. 환자의 면역 체제를 복원해 암을 몸 밖으로 쫓아낸다. 암세포는 환자의 원래 몸과는 다른 불순 세포지만 인간의 면역체계는 이를 신체의 일부로 인식하고 반응하지 않는다. 면역치료는 피부암의 일종인 흑색종과 갑상샘암, 췌장암, 간암, 위장암 등에 높은 효과를 발휘하고 있다. '니볼루맙' 의 임상 연구에 들어갔는데 임상실험 연구에서 암환우는 치료 1년 반 만에 암 조직이 거의 소멸했을 정도로 높은 효능을 보였다."

이제 세상은 암도 정복하는 과학기술의 혁명을 이루어 가고 있습니다. 곧 중입자치료 도입을 추진하고 있어 정말 머지않아 암은 대부분 정복되어 일반 병처럼 가볍게 여겨질 날이 올 것입니다.

나의 이야기가, 아니 인용된 이야기가 길었던 것은 암환우들에게 이보다 기쁜 소식이 없기 때문입니다. 이미 이런 내용을 많이 알고 있을 수도 있겠지만 말이죠.

용기와 희망을 가지십시오. 현대의학의 발전을 믿는 것입니다. 그것이 곧 나의 생명입니다.

"암이 무너뜨린 신체의 면역체계를 회복시켜 암세포를 찾아서 억제하거나 죽이는 효과를 봤다."

당신에게 해당될 이야기입니다. 그리고 당신의 스킬이 완성되는 것입니다.

우린 이런 시대에서 살고 있다는 말이 사랑스럽습니다. 그러나 아무리 세상이 급변해도 미래의 충격에 휩싸여도 변할 수 없는 뜻이 있습니다.

그리스도는 아득한 옛날에 죽었습니다. 그의 육체적 생존 기간은 매우 짧았습니다. 그러나 그의 생명력은 지금까지도 이어지고 있고 앞으로도 이어져 갈 것입니다. 그리스도에 의지하면서 살아가는 사람도 영원히 이어지고 있으며 또한 영원히 이어져 갈 것입니다. 그 사실을 부정할 사람 없고 오히려 그리스도와의 관계를 믿고 있는 사람들이 더 늘어나고 있는데 왜일까요? 그리스도가 우리에게 남긴 것이 무엇이기에, 그에 대한 분명한 지식이 확인되지 않았음에도 그것을 분명한 태도로 믿고 있는 그 생명력의 원천은 무엇일까요? 믿음 아닐까요? 당신이 소망하는 그 믿음 말입니다.

이제 당신의 병을 치료할 수 있는 세상이 가깝게 다가오고 있습니다. 불가능을 가능케 하는 세상이 온 것입니다. 그래요, 우리는 지금 이런 시대에서 살고 있습니다. 우리 모두의 영광입니다.

생명체 호모사피엔스의 존재

생명은 그 본위에 따라 유지되는 것입니다. 우리에겐 어떤 형태로든 그 생명을 지킬 의무가 있으며 생명이 그 본위를 지킬 수 있도록 생명의 보호자가 되어야 했습니다.

인간 역사의 실체와 논쟁들을 서로 못 본 체하면서 무시할 수 있을지는 몰라도 접혀져 가는 세월만은 그대로 넘기면서 무시할 수는 없는 일입니다. 비록 우리의 인생이 먼 역사를 봤을 때 하루살이만도 못한 짧은 것일지라도 생명체는 저마다 생명의 길이가 있는 것이며 높이가 있고 가치가 존재하는 것입니다. 생명을 부여받고 세상에 태어난 이상 결코 지워지거나 왜곡되지 말아야 합니다.

생명을 잉태하고 낳는 존재, 그것은 고대나 현대나 생명체 호모사피엔스의 존재와 그 영속성을 보장하는 절대 우위의 가치가 존재하는 것입니다.

지각의 커다란 덩어리가 대륙을 흔들어댑니다. 지각 판은 매년 100만 번 이상을 몸서리치며 부르르 떨지요. 그러면서 땅은 스스로 그 표면을 만들어 내고 파괴하고 수리하고 또한 재생합니다. 우리

몸도 그러합니다.

우리 몸 역시 수없이 몸서리치며 부르르 떨고 파괴되고 수리하고 또한 재생하는 것입니다. 건강한 몸이 나도 모르게 파괴되어 병이 생기면 다시 수리하고 재생하면서 생명을 이어간다는 사실을 우리는 부인할 수 없습니다. 사람들은 그런 과정을 누구나 겪고 살아갑니다. 어느 사람은 재생시키는 과정을 겪고 있고 어느 사람은 수리할 것을 찾지 못하고 있으며 어느 사람은 현재 수리할 곳을 찾아내려 하고 있습니다. 이러한 일련의 일들이 바로 삶을 두둔하는 것입니다. 삶을 진지하게 받아들이기 위함이고 삶을 존중하기 위함이며 생명에 대한 경외심에 다가서는 일입니다.

생명은 참 신비스러운 존재이기도 하고 때론 벗어버리고 싶은 가시관 같은 것이기도 합니다. 아름다운 면류관도 존재하지만 생명은 결코 관대하지 않아요. 너무 많은 조건을 요구하고 있습니다. 그중에서 하나가 책임지지 못할 건강을 우리에게 부여하는 것입니다. 그리곤 말합니다. '참아내라' 그리고 '이겨내라' 고.

이런 명령에 불복하면 그는 속절없이 나를 단죄해버립니다. 싸늘한 냉정이 온몸을 감싸고 돕니다. 이건 어처구니없는 일이지요. 하지만 어쩝니까? 그것이 생명의 속성이라면, 그것이 생명의 정체라면 그의 말을 따르고 복종할 수밖에 없는 일이지요.

그러나 냉철해 보죠. 생명의 입장에서 우리가 생명을 두둔해 보자는 것입니다.

생명은 그 본위에 따라 유지되는 것입니다. 우리에겐 어떤 형태로든 그 생명을 지킬 의무가 있으며 생명이 그 본위를 지킬 수 있도록 생명의 보호자가 되어야 했습니다. 생명에 대해 원망하기 전 진지하고 냉정한 이성으로 판단해야 합니다. 감정적으로 대할 일은 아니란 생각입니다.

생명은 별리를 생각하며 그 역시 자기 존재에 대한 사라짐으로 슬퍼할 것은 당연합니다. 나 역시 불티처럼 사라지는 생명을 눈물로 전송할 수밖에 없는 진실을 되돌릴 수 없습니다. 생명은 자기 생명에 대한 악감정은 애초부터 없었습니다. 그러니 나에게 아픔을 생기게 할 어떤 명분도 이유도 없었던 것이지요. 내 탓이었지요. 알고 보니 내 탓이었습니다. 생명에 대한 원망은 내 건강의 모든 책임을 그에게 전가시키는 못된 심사였다고도 생각됩니다. 반성이 됩니다.

그래요, 그런 내게 생명이 바짝 마른 입술로 말합니다.

'참아내라' 그리고 '이겨내라' 고.

네, 복종해야지요, 복종하겠습니다.

혼자인 사람은 없습니다

슬픔이 마음에 가득 차 있을 때 '나는 슬프지 않다' 고 되뇌다 보면 이 말이 가진 아우라가 속에서 공명하는 느낌이 들게 됩니다.

날마다 잠시 시간을 내어 명상에 잠기도록 해보세요. 명상에 잠겨 밤하늘에 빛나는 무수한 별들을 바라보기도 하고, 삶과 죽음의 근원에 대해 생각하기라도 한다면 그만큼 현재의 삶에 있어서 커다란 도움이 됩니다.

잠시만이라도 내가 누구인가를 생각하기도 하고 내가 지금 어느 자리에 서 있는지, 나는 누구인지 혼자만의 시간을 갖는 것입니다. 그 무엇도 깰 수 없는 고요와 맞닥뜨려서 명상해 보는 시간을 갖는 것입니다. 이는 매우 중요합니다. 홀로 자기 자신과 만나는 시간을 오랫동안 갖지 못한 사람은 그 영혼이 중심을 잃고 비틀거립니다. 그러하지 않기 위해서 나 혼자만의 시간을 갖는 것입니다.

그런데, 그 혼자만의 시간이 정말 혼자만의 시간일까요? 그 물음에 이내 깨달아집니다. 혼자만의 시간 속에 잠긴 나는 혼자가 아니라는 것을.

혼자만의 시간을 가졌을 때면 홀연히 깨달아지는 그 무엇이 있습니다. 그건 바로 혼자만의 시간이란 없다는 것입니다. 세상은 보이지 않는 혼들로 가득 차 있고, 부지런히 움직이는 사람들과 명랑한 햇빛이 내는 소리들로 가득 차 있기에, 그 속에서 누구라도 혼자가 아니란 것을. 자신이 아무리 혼자뿐이라고 주장해도 혼자인 사람은 아무도 없는 것입니다.

대다수의 사람들은 혼자와 외로움을 동일시하는 경향이 있지만 이것은 전혀 본질이 다릅니다. 외로움은 그냥 자기고립의 작용에 의해 나타나는 것이고 혼자 있는 것은 외로움을 정지시키고 나를 바라보는 자아의 작용인 것입니다.

시간은 시계의 원판의 숫자 말고는 객관적인 기준이 없습니다. 오직 그것을 어떻게 사용하는가 하는 관점에서만 존재하고 있을 뿐이지요. 마찬가지로 나 홀로 보내는 시간을 어떻게 해야 하는가를 명상하세요.

명상은 곧 자아를 찾는 시간입니다. 마음을 괴롭히던 일들과 부정적이었던 생각들을 지우는 시간입니다. 몸을 가장 편안한 상태로 두고 그동안 쓸데없이 붙들고 있었던 번잡을 밖으로 내보내는 시간입니다. 자신의 참된 모습을 바라보고 몸과 마음을 돌보며 마음을 깨끗이 하는 시간입니다. 참된 자기 자신과 마주하는 시간입니다.

슬픔이 마음에 가득 차 있을 때 '나는 슬프지 않다' 고 되뇌다 보면 이 말이 가진 아우라가 속에서 공명하는 느낌이 들게 됩니다.

명상의 시간에 자신을 가두면 혼자라는 생각은 사라집니다. 외롭다는 느낌도 사라집니다. '마음 챙김' 을 통한 정서를 채울 수 있습니다. 그것이 명상이고 눈을 감고 조용히 생각하는 것입니다.

아무것도 되려 하지 말아요. 자신을 다른 존재로 바꾸려고 하지 말아요. 앉을 때는 앉고 걸을 때는 걸으면 됩니다. 아무것도 붙잡지 말고 붙잡히지도 말고 그 무엇에 항거하지도 말아요. 좋고 나쁜 곳은 오로지 그대의 마음속에서만 일어난다는 것을 알면 됩니다.

명상에 자신을 두면 심리적으로 안정을 가져올 수 있지요. 현재 이 순간의 자신을 있는 그대로 받아들이면 부정적인 생각에서 벗어나고 고통을 덜 겪게 됩니다. 숨이 들어오면 숨이 들어오는 것을 알고 숨이 나가면 숨이 나가는 것을 아는 것입니다. 가장 기초적인 것이지만 이처럼 좋은 비법이 있을까요? 내 존재에 대한 자각만을 필요로 하는 시간, 그러나 거기엔 '나 한사람의 단위는 있으면 있고 없어도 그만' 인 것이 아니라 모든 것에 속해 있다는 것을 깨닫는 시간입니다. 비관하여 말한다면, 세상에서 나 한 사람의 단위는 그저 있으면 있고 없으면 그만인 것입니다. 나 없어도 이 세상은 조금도 꿈쩍하지 않습니다. 지구는 영원히 영원의 한 구절을 세면서 나 없어도 잘 돌아갑니다.

마음을 자연스럽게 안으로 몰입시켜 내면의 자아를 찾아가고, 마음의 고통에서 벗어나 아무런 왜곡 없는 마음의 상태를 갖는 명상의 시간. 그 시간에 잠겨 보세요. 그러면 깨달아집니다. 명상하는 나는 나 혼자가 아니라는 것을.

어둠에 질식하지 말아요

낮을 지내면 밤이 올 것을 두려워하는 사람도 밤을 맞이하면 아침이 밝아 올 것을 알면서 희망을 찾습니다.

정신적인 유목遊牧을 떠나는 사람들, 시간의 궤도를 이탈하여 어디로 가야 할지 몰라 우두커니 서 있는 사람들, 이제 더 이상 망설이지 말고 마음으로 믿는 나의 길을 향해 발걸음을 옮기세요. 내가 누구인가를 헤아리고 절망과 포기하려는 마음에서 벗어나십시오. 거기엔 내가 살고자 하는 모든 욕망과 바람과 의욕을 말려버리려는 힘이 있어요. 체념의 벌판에 홀로 서 있지 말고 희망과 용기를 가지고 그 절망과 포기와 대항하는 것입니다.

절망과 포기하려는 마음을 가지지 마십시오. 그것은 어둠입니다. 어둠에 질식하지 말아요. 지금 당신이 다가서는 것은 어둠의 입구가 아니라 어둠의 출구가 되어야 합니다. 그럼으로써 나는 당신이 강인한 존재로 본질적인 삶을 사랑하며 살았으면 좋겠습니다. 그것이 다짐일 수 있다면 그 다짐에서 우리는 교훈을 얻을 수 있기 때문입니다.

어떠한 역경의 어려운 환경이라도 그것을 지배할 수 있는 것은 나의 마음가짐입니다. 어떻게 생각하고 그 생각을 어떻게 편히 다스리느냐에 따라 기적도 부를 수 있는 것이고요.

세상에 온전한 절망은 없습니다. 절망에도 한 줄기 빛이 있고 희망으로 가는 오솔길이 있으며 그 길로 가게 하는 미묘한 자력이 작용하고 있다고 나는 믿습니다.

사람은 빛을 향해 걸어가는 향광성의 사람과 빛을 멀리 하는 반광성의 사람이 있습니다. 어느 사람이 되렵니까? 빛맞이를 하는 사람은 자신의 이미지가 보입니다. 그 이미지를 완성하는 것은 바로 빛이구요.

나는 지금 아픕니다. 결론입니다. 그것을 부정할 순 없습니다. 그런 나를 타인의 시선들이 갸웃합니다. 그 시선들이 나의 마음을 무겁게 합니다. 하지만 의식하지 말아요, 오히려 미소를 보이세요, 용기와 애정의 눈빛으로 그들을 가만히 바라보세요. 나는 이 병마를 이겨낼 수 있다는 자신감과 믿음의 표정을 보이세요. 그러면 그러한 당신에게선 당신을 바라보는 사람들이 해석할 수 없는 철학이 보입니다.

여태껏 당신이 바라보는 세상이 빙하였고 산꼭대기였고 사막이며 뙤약볕 속이었다면 이제는 나을 수 있다는 자신의 모습을 상상하고 확정시키면서 마음으로 믿는 나의 길을 가세요. 그러면 그 세상은 양탄자가 깔린 길이 되고 순조로운 길이 되며 어둠은 사라집니다.

어둠을 사랑하는 동안에는 그 어떤 빛도 받을 수 없는 것처럼 나쁜 생각에 집착하고 있는 동안에는 그 어떤 자그마한 힘도 용기와 희망도 가질 수 없습니다. 반면에 빛을 사랑하는 동안에는 그 어떤 어둠도 밀쳐버릴 수 있으며 모든 것이 긍정이 되고 내 몸에서는 상상할 수 없는 에너지가 발생합니다.

어둠을 몰고 오는 밤은 세상이 던지는 덧없는 그림자이며 불행은 잠시 나를 뒤덮은 그늘에 불과합니다. 밤이 지나면 밝은 빛의 세상으로 변하고 불행 역시 행복으로 바뀌는 순환이 되풀이 되며 어둠은 빛이 들어올 때만 사라집니다. 불행은 행복만이 변화시킬 수 있습니다. 불행을 이기려면 행복한 마음으로 살아가야 합니다.

빛은 정신적인 조화이고 어둠은 정신적인 부조화입니다. 자연의 힘에 공존하는 어둠과 빛은 그 현상 자체로 해석하는 일은 간단하지요. 그러나 빛과 어둠이 우리 정신세계에 새겨질 때 그것은 자연현상에 국한된 것이 아니라 인간 자체를 질식시킬 수도 있고 인간 자체를 밝은 세상에 드러낼 수도 있습니다. 하늘은 한쪽 문을 닫는(어둠) 동시에 다른 문(빛)을 열어 놓습니다. 그래서 인간 삶의 해석은 빛이지 어둠이 아닙니다.

우리들 인간, 얼마나 엉터리입니까?

인류를 위한 발견이나 창조만이 위대하다고 한다면 대다수 사람들의 삶은 무의미하게 됩니다.

아무리 맛있는 음식도 목구멍을 넘는 순간 오물이 되어 버리고 맙니다. 혀가 맛을 분간하지만 그러나 한 뼘의 목젖을 넘는 순간 맛은 사라지고 어느 것 할 것 없이 다 오물이라는 것에 함몰되어 버립니다. 그럼에도 사람들은 혀에 감도는 맛에 취해 탐욕의 눈을 이글거리고 있습니다.

아마도 동물들에게 식욕이 없었다면 그물이나 포수에 걸리는 동물은 한 마리도 없었을 것입니다. 또한 인간에게 식욕이 없었다면 그 동물을 한 마리도 잡지 않았을 것입니다. 먹는 것에 대한 욕망에 사로잡히면 위장의 노예가 되어 게걸스러워 하찮은 동물의 욕망과 다르지 않습니다. 호랑이는 포식하는 것에 만족하지만 인간은 그렇지 않습니다.

인간은 배고픔에서 벗어나는 순간 삶의 더 높은 가치를 찾아야만 합니다. 이것이 명제입니다. 정의롭게 사는 삶이 어떤 것이며 올바른 삶에 대한 논증에 부딪쳤을 때 진지한 고민을 해야 합니다.

모든 존재의 내면에는 다른 무엇보다 중요한 주제가 있는데 '왜 존재해야 하는가' 하는 것에 대한 답변입니다. 인간으로서 무엇을 위해 어떻게 살아가야 하는가 하는 문제에 대한 답변 말입니다. 이 답변을 스스로 내릴 수 있는 사람이 되기 위해 필요한 조건은 무엇인가요?

인간은 곤충에 비하면 웅대하고 고등한 인물이지만 지구와 비교하면 비교조차 할 수 없는 나약한 것이 됩니다. 그러나 그런 지구도 태양과 비교하면 아주 작은 것에 불과하지요. 그럼 태양은 어떤가요? 태양을 또 다른 은하계와 비교하면 그 역시도 보잘 것 없는 것에 불과합니다. 비교 우위를 정하는 것은 이렇듯 상대적인 것에 따라 크기도 하고 아주 작은 것이기도 합니다. 그래서 우리는 나의 존재가 속한 것에 대한 감사와 은혜를 안고 살아야 하며 거기에 만족할 줄 알아야 합니다.

인류를 위한 발견이나 창조만이 위대하다고 한다면 대다수 사람들의 삶은 무의미하게 됩니다. 보통 사람들의 삶은 자기 긍정과 자기중심의 사고에서 그 나름 충실하게 살려고 하는데 거창하게 인류를 위한 발견을 고무하고 창조를 강요한다면 그렇게 살아갈 수 있는 사람이 과연 얼마나 될까요?

인간은 여타 동물들과 다릅니다. 이성을 통한 욕구가 동물과 다름을 증명하며 어떻게 인간다움으로 생명을 지닐 수 있는가에 번민하며 인생의 절대적 가치, 인간으로서 소명을 어떻게 다해야 할 것인가에 대한 고민이 없을 수 없습니다.

인생은 미각에 나타나는 그런 짧은 맛을 허용하지 않습니다. 목구멍을 지나면 오물로 변해버리는 음식과는 비할 수 없지요. 그것은 굶주림을 해소하는 가치를 지니고 있을 뿐 인간의 삶은 웅대하고 정의로워야 하는 가치와는 비교할 수 없습니다. 그래서 우리는 동물들과 다름을 증명할 수 있어야 합니다.

자기의 감정을 다스리는 일, 인간으로서 본연의 나를 찾아가는 길, 그것이 동물들과의 차이점이며 나의 마음을 어지럽히는 것으로부터 해방되는 길입니다.

그것이 어찌 먹는 것에만 국한된 얘기일까요? 재물에 대한 탐욕 역시 하나도 다를 것이 없습니다. 죽어서 빈손으로 가야할 것을 죽는 순간까지 탐욕 언저리에서 배회하는 우리들 인간, 얼마나 엉터리입니까? 부질없고 헛되고 헛된 것이 인생입니다.

즐겁던 한 시절 자취 없이 가버리고
시름에 묻힌 몸 덧없이 늙었어라
한 끼 밥 짓는 동안 더 기다려 무엇하리
인간사 꿈결인 줄 내 이제 알았네. – 일연

지금 살고 있는 삶의 저편

- 인간은 살 수 있는 한을 살아가는 것이다

나는 여태껏 단 한 번도 큰 부자를 부러워한 적이 없었다. 그가 갖고 있는 재산이 그에게 아무런 도움도 되지 않고 있다는 것을 알고 있기 때문이다.

오래 걸은 사람이 말합니다.

삶을 탐색하기 좋은 건 바로 인생의 길을 오래 걸은 사람이라구요.

나답게 살아가다 보면 남을 시기하지 않게 된다는 것을 이 나이쯤에서 깨달은 것도 참으로 소중한 인식이 되고 말았습니다. 지나고 보니 별것 아닌 것을 너무 별스럽게 생각해 왔고 그래도 진정한 행복의 중점이 무엇인가 이제야 깨달아짐은 너무나 다행스러운 일입니다.

별 것 아닌 걸로 더러 상처를 주면서, 별것 아닌 걸로 더러 상처를 받으면서 살아가는 그런 삶을 견디며 사는 것도 행복일 수 있겠다 하는 생각을 요즘은 자주 하게 됩니다. 그러는 과정에서 내가 더불어 깨달은 것이 있다면 생명과 죽음의 주제에 대한 것이었지요.

우리는 누구나 시한부 인생을 살고 있는 것입니다. 나이가 들면 그 나이로 인하여, 병을 얻으면 그 병으로 인하여, 우리는 제한된 삶을 살 수밖에 없는 것을, 그렇게 살아야만 되고 그렇게 살아짐은 누구에게나 부여된 것임을 새삼 깨닫게 되는 것은 무슨 업보일까요?

'또 하루 흔적 없이 사라져 가는' 우리의 삶이 제 갈 길을 찾아 묵묵히 걸어갑니다. 시간도 잴 것 없이 그렇게 흘러갑니다. 그 시간의 흐름은 누구에게나 일어나는 자연 현상임에도 불구하고 우리는 삶이란 무엇인가 하는 문제에 좋은 답안을 내놓기란 어려운 일입니다. 하지만 각자 자신의 답안을 서술형으로 써놓는 일은 삶이란 문제에 있어서 아주 중요한 일이라 생각해요. 그러니까 이쯤에서 삶이란 문제에 답안은 각자에 따라 다르게 나타난다는 것을 나는 알았던 것입니다.

"인간이 인간일 때 그것은 얼마나 아름다운가!

그대 자신이 무엇인가를 알고 싶으면 지나는 길에 무덤을 보라. 거기 있는 것은 부자였던 사람이나 가난했던 사람이나 명성이 높았던 사람이나 혹은 아름다운 육체를 뽐냈던 사람들의 뼈와 가벼운 재뿐이다.

시간은 그들을 지켜주지 못했다. 아니 시간은 인간 누구에게나 공평했다. 그래서 우리들은 우리 생활대로 사는 것이 아니고 살 수 있는 한을 살아가는 것이다.

나는 여태껏 단 한 번도 큰 부자를 부러워한 적이 없었다. 그가 갖고 있는 재산이 그에게 아무런 도움도 되지 않고 있다는 것을 알고 있기 때문이다. 나는 여태껏 명성이 높은 사람을 부러워한 적이 없다. 그가 갖고 있는 명성이 영원하지 않다는 것을 잘 알고 있으므로.

이 세상에서 시간을 자신에게 필요한 만큼 더 가질 수 있는 것을 발견할 수 있는 사람은 없다. 시간은 아무도 피할 수 없는 온갖 재난에 대한 의사이며 인간이 공평히 누릴 수 있는 산소와 같은 것이다."

나는 메난드로스의 이 말을 어떤 신앙처럼 받아들이고 살아가며 또한 항시 그렇게 인식하며 살아가고 있는 내 자신을 발견하였을 때, 적어도 심오한 철학 앞에서 서성거리고 있다는 것을 알았습니다.

지금 살고 있는 삶의 저 편이 보이시나요? 그 세상이 그립던가요? 우리는 그저 한 순간을 영원처럼 여기며 살고 있을 뿐입니다. 때론 연명하기도 하며, 때론 삶의 질곡에서 헤매기도 하며, 때론 대단치도 않은 일에 손대며, 때론 이루지 못할 그 무엇에 대한 갈망에 허덕이고 살았습니다. 살 수 있는 한을 살아가고 있다는 것을 모르고 말입니다.

그러니 그 삶이 얼마나 힘들었겠습니까? 다 부질없는 일이었다는 것을 이제야 깨닫게 됩니다. 다시 그 시간들을 되돌릴 수 있다면 하는 아쉬움이 진득하게 묻어나지만 그 시간들이 되돌려진다고 그런 삶이 되풀이되지 않는다는 보장이 있을까요? 아득한 이야기입니다. 우리들의 한계지요.

많은 사람들은 죽음을 나와 상관없는 남의 일로 생각합니다. 영원히 살 것처럼 생각합니다. 그런가요? 그렇지 않습니다. 인간은 누구나 죽게 되어 있습니다. 그렇다면 우리는 죽음을 생각하는 삶을 살아야 하지 않을까요? 그 삶이 진정한 삶이며 종내 한 번뿐인 인생을 소중하게 간직하는 것입니다. 진지한 삶이란 말이지요. 농밀한 삶이 되는 것입니다.

‘그랬더라면 좋았을 텐데

당신의 삶을 아끼고 사랑하십시오. 내 삶을 눈물로 전송할 순 없습니다. 정말 그럴 순 없습니다. 소명을 다하여 내가 할 일이 아직 많이 남아 있습니다.

사람의 입에서 나온 말 중에 가장 슬픈 말은 ‘그랬더라면 좋았을 텐데’ 라고 하는 말이 아닐까 하는 생각이 자주 듭니다. 그 말은 탄식과 같은 말이기도 하지요. 그 말 속에서 찾아질 것은 우리가 바라던 것이 하나도 담겨져 있질 않고 굳이 존재한다면 허망한 세월이 묻어난 고목처럼 서 있는 자신의 모습만 보일 뿐이기 때문입니다. 그래서 지금, 나의 삶은 목적을 둔 무엇이 있어야 한다는 생각이 듭니다. 그러나 구체성을 띤 그 어떤 것들이 하나도 떠오르질 않는 경우가 많습니다. 바라는 것이 절실한 사람일수록 그런 경험을 하게 됩니다.

굳이 나의 삶의 목적을 세분화시켜 명분을 부여할 것까지 있을까요? 어떤 일에도 무조건 나는 최선을 다한다는 것이 중요합니다. 거창한 담론이 필요한 것이 아닙니다. 그리고 결과를 말하기에 앞서 그 과정에서 얼마나 최선의 노력을 하였는가는 결과에 대한 기준이 되지만 최선을 다하고 바라는 결과를 얻지 못해도 그것은 탓할 일이 되지 못합니다.

엘리너 루스벨트의 말을 전합니다.

"나는 나이가 얼마가 되건 벽난로 옆에 앉아서 그것만 쳐다보고 있는 것으로 만족할 수 없다. 인생이란 최선을 다해 살도록 되어 있다. 그러므로 언제나 생기 있게 호기심을 가지지 않으면 안 된다. 어떠한 이유에서든 결코 인생에 등을 돌려서는 안 된다."

그렇습니다. 어떠한 이유나 환경이든 자신의 인생에 등을 돌려선 안 됩니다. 내일 나에게 어떤 일이 일어날지 모르며 오늘에 펼쳐진 생애의 사건들이 내일까지 연장되지 않고 전혀 뜻밖의 일이 찾아와 나를 천상으로 안내할지 모르기 때문입니다.

현실에서의 도피를 꿈꾸지 마세요. 현재 절망이 찾아와도 그것이 절대적 희망으로 바뀌는 일이 세상에는 기적처럼 많이 일어나고 있습니다. 아무 생명력도 없는 인형같이 나를 그대로 버려둘 건가요?

희망을 갖고 꿈을 포기하지 않는다는 것은, 날이 저물 때의 태양과 동틀 녘의 달을 흉내 내 비록 가끔 숨거나 잠들기는 하더라도 영원한 정신의 일이기 때문에 그대로 남아 있게 됩니다.

왜 팔을 뻗지 않는가요? 당신이 바라고 바라는 것에 대한 노력을 리얼리스트로 힘차도록 움직이게 하세요. 그런 정열을 품고 싶지 않은가요? 당신의 노력이 운명을 정하는 것이 되는데 그 운명을 포기할 건가요? 바로 앞에 팔을 뻗으면 잡을 수 있는 그것이 있는데, 그리고 당신이 안심입명安心立命할 자리가 있는데 포기하실 건가요?

그러지 말아요, 희망을 갖는다는 것이야말로 현재를 살아가는 기술인 것입니다. 우리들에게 있어 명상이란 무엇이며 나 자신으로부터의 해탈은 무엇인가요?

당신의 삶을 아끼고 사랑하십시오. 내 삶을 눈물로 전송할 순 없습니다. 정말 그럴 순 없습니다. 소명을 다하여 내가 할 일이 아직 많이 남아 있습니다. 아직 내가 다하지 못한 사랑을 남겨두고 떠날 수는 없습니다. 사랑하는 가족이 있지요. 인연으로 맺어진 그 많은 사람들은 또 어쩌구요? 이별할 수 없는 그 많은 것들이 나의 발목을 잡고 있는데 당신과 인연으로 맺어진 사람들이 당신에게 희망의 에너지를 마구 불어넣어주고 있는데 정작 당신은 여기서 희망의 끈을 놓을 건가요?

희망을 찾으려 하는데 발걸음이 떨어지질 않는 당신의 마음을 이해합니다. 저 가슴 밑바닥에서 울림처럼 분투하려는 노력도 이내 고통으로 다가와 당신의 희망을 송두리째 빼앗아가려고 악다구니 쓴다는 것도, 그 고통이 당신을 진저리나도록 괴롭히고 있다는 것도 잘 압니다. 그러나 일어나십시오. 그대로 주저앉아 있어선 안 됩니다. 희망은 괴로운 언덕길 너머에서 기다리고 있다는 것을 생각하면서 일어나십시오.

희망을 버리지 않는 일은 일정 기간 고통을 수반합니다. 그러나 그 고통이 사라지는 시간은 그리 오래 걸리지 않아요. 희망을 찾아가는 몇 걸음 뒤에 따라오다가 스스로 명멸해 갑니다.

오늘 이 시간, 그래요, 당신과 나는 아직 대면한 적도 없지만 글로써 만난 인연을 더해 우리 함께 희망의 걸음을 내디딥시다. 동행을 하는 겁니다. 그리고 느끼는 것입니다. 있잖아요, 이심전심, 심심상인으로 말예요.

인생은 무거운 짐을 지고 먼 길을 가는 나그네와 같습니다.

삶이 빈곤하다고 말하지 말아요

희망으로의 전환이 가능할 것 같은데 당신은 마냥 절망에 감금되어 있고 소금기에 절어 있어 당신 전체를 빈곤한 사람의 행색으로 보이게 합니다.

삶을 인위적으로 바꾸어 사는 사람들은 삶이 빈곤하다고 말합니다. 그러면서 절망에 빠진 사람들을 우리는 종종 발견합니다. 이러한 사람들은 모든 것이 부족하다는 생각입니다. 어쩜 이러한 사람들은 벌판의 곡식도 자연의 공기도 부족하다고 느낄지 모릅니다.

그것은 아마도 자아로부터 도피하는 일일 것입니다. 자기 자신의 고통으로부터의 도피일 것입니다. 그런 그를 두둔하자면 인위적으로 바꾸어 버리지 않으면 질식할 것 같은 그 어떤 압박감이 그를 짓누르고 있기 때문일 것이라고도 생각합니다.

이해합니다. 그러한 당신의 현재를 보듬고서 조용히 다가가 위로의 말을 건넵니다. 하지만, 어쩌죠? 그러면서도 미확정지대를 그리고 있는 당신을 마냥 두둔하고만 있을 수 없으니 말입니다.

타인의 입장에서 당신을 바라보면 마치 나는 사물의 다면체를 보는 것 같습니다. 어느 방향에서 바라보느냐에 따라 달라지는데 정작 당신의 시선은 한 곳에만 고정되어 있고 행동은 경직되어 있으며 고개는 떨구어져 있습니다. 희망으로의 전환이 가능할 것 같은데 당신은 마냥 절망에 감금되어 있고 소금기에 절어 있어 당신 전체를 빈곤한 사람의 행색으로 보이게 합니다.

생각을 바꾸어 보면, 당신의 시선은 세상 여러 곳을 더듬게 됩니다. 거기엔 여태 내가 발견하지 못했던 아름다운 정경이 나타납니다. 그러나 그것은 처음 보는 것이 아니라 예전에 내가 보았던 낯익은 정경이며 정답게 마주했던 것들입니다. 그런 세상으로 다가가는 당신의 행동은 왜 이리도 벅차고 생기가 넘칠까요? 고개 숙여 땅만 보았던 당신이 고개 쳐들어 파란 하늘을 봅니다. 그런 당신을 보면서 깨달아집니다. 당신은 끌림에 해당하는 인력으로의 능력이 있다는 것을 말입니다. 그 능력으로 원하는 것을 당신의 삶에서 얻을 수 있겠다는 것을 말입니다. 이제부터 당신의 삶은 그러한 힘에 의해 조종될 것이고 빈곤하단 생각이 당신에게 어떤 위로가 될 수 없다는 것도 깨달아지게 합니다.

이제 당신은 그동안, 모든 사람들이 일반적으로 겪는 표피적인 것에도 미치지 못하는 허약함에 머물게 되어서 절로 위축되었던 것들이 부끄럽다는 생각을 하게 됩니다. 그리고 당신은 그 모든 현실을 받아들이게 됩니다. 냉정한 분석을 통해 받아들이는 것이 아니라 있는 그대로의 지금 처한 현실을 냉정한 이성으로 받아들이는 것입니다. 그것이 절망과 좌절에 속한 뼈아픈 것일지라도.

선불교는 '마음 챙김' 이 깨달음을 얻는 길이라고 가르칩니다. 이

불교의 명제에는 여러 가지 의미가 있지만 '받아들임' 에 속하는 것과 별반 다르지 않다는 생각입니다. 그것은 원입니다. 동심원입니다. 마음의 한자 心의 획을 이으면 원이 됩니다. 그게 불교의 명제에 답하는 뜻이자 깨달음이 아닐까요?

우리는 가끔 철학의 고민에 싸이기도 합니다. 왜 나는 살아야 하는지, 왜 나는 선한 가운데 악을 두둔하는 경우가 생기는지 인간의 고민은 2,500여 년 전의 소크라테스나 지금의 나나 조금도 달라지지 않았다는 것을 느끼게 됩니다. 그가 고민하였던 모든 것들은 지금 우리의 삶에서도 나타나고 있는 가장 예민한 것이 아닐 수 없는데 그런 마음의 혼란은 왜 아직까지 일고 있는지, 영원히 다가갈 수 없는 것들로 또다시 2,500년을 그렇게 혼란 속에 살아야 하는지 그 역시 생각하지 않을 수 없습니다.

이러한 고민을 해결할 수 있었다면 소크라테스의 삶을 연결하지 않아도 될, 아니 그는 기억하지 않아도 될 존재였을 텐데도 불구하고 어쩜 그가 인간이 존재하는 한 영원히 동행하고 가야 할 존재로 남고 있다는 것이 철학적인 마침표를 기대할 수 없게 하는지도 모릅니다.

물에 비친 달

광대무변한 우주 속에서 똑같은 별이 하나도 없듯이 지구상의 그 많은 사람들 중에서 역시 나와 똑같은 사람이 없다는 것은 소중한 존재, 귀중한 존재로서의 의미를 증명하는 것입니다.

오쇼 라즈니쉬는

"진실을 경전이나 철학 속에서 찾는다는 것은 물에 비친 달을 보는 것과도 같은 것이다. 그러므로 만약 네가 어떤 이에게 삶을 어떻게 살아야 하느냐고 묻는다면, 너는 그릇된 가르침을 청하고 있는 것이다. 왜냐하면 그 사람은 오직 그의 삶에 대해서만 말할 수 있기 때문이다. 결코 두 개의 삶이란 동일할 수가 없는 것이다. 그가 너에게 어떤 말을 하든지 그것은 그의 삶에 관한 것이다.

진짜 달은 저 하늘에서 너를 기다리고 있다. 저 달은 너의 달이고, 저 하늘은 바로 너의 하늘이다.

곧장 보라. 왜 너는 다른 사람의 눈을 빌리려 하는가? 너에게도 볼 수 있는 아름다운 눈이 있다. 직접 보라. 왜 다른 사람의 깨달음을 빌리려 하는가?

명심하라. 그것이 어떤 이에게는 깨달음일지라도, 네가 그것을 빌리는 순간, 너에게는 지식이 되어 버린다. 그것은 더 이상 깨달음이 아니다."

세상에는 저마다 사물을 대하는 것이 다르고 생각이 다르고 자기의 환경에 따라 다릅니다. 가령 물이 여기에 있다고 가정하면 사람들은 그것을 물이라 말합니다. 그러나 물고기들은 자기의 세상이자 집으로 생각할 것이고 천상세계에서는 유리로 보고 아귀는 불로 볼 것입니다. 그렇지 않나요?

그러나 물에 비친 달은 그대로 물에 비친 달이지요. 있는 그대로 달리 표현할 그 어떤 형언이 떠오르질 않습니다.

새소리는 아름답다 하고 매미나 개구리 우는 소리는 왜 시끄럽다고 하나요? 꽃은 아름답다고 하면서 잡초들은 왜 보기 싫다고 뽑아버리죠? 그것들은 모두 내 감정이 그렇게 정한 것이기 때문입니다. 대자연의 눈으로 본다면 그 모든 것들은 똑같은 생명체이고 생명의 노래인데도 말입니다.

우주에서 적어도 현재 우리가 사는 지구 체에는 생물이 존재하고 인류가 존재하고 있는 것입니다. 우리 인간이 아무리 나약하고 우주에 비해 하찮은 존재라 할지라도 전체 우주의 관점에서 바라보면 이 거대한 우주와 인류는 그저 먼지에 불과한 것이라 할지라도 우리는 생명의 노래를 부르고 살아가는 생명체를 지닌 인간이란 것입니다. 운명이 쥐어 준 시간을 살아가는 그런 생명체인 것입니다.

태양계가 속해 있는 은하를 '우리은하'라고 하는데 우리은하에만 별은 1,000억 개가 있고 그 밖의 대우주 안에는 은하계와 같이 고립된 외부은하에 또 1,000억 개의 별이 존재하는데 지구는 그 중 하나의 별에 불과하고 우리는 그 별에 사는 70억 인구 중에 하나입니다. 다행인 것은 그럼에도 우리는 생명을 지닌 생물체라는 것입니다. 그 상상할 수 없도록 많은 별들 중에서 우리와 같은 인류와 우리가 사는 지구와 같은 별이 또 있는지는 몰라도 현재까지 과학으로 관측하고 연구한 대로라면 지구가 유일한 것이지요.

유일무이하다는 것은 참으로 중요한 의미를 지닙니다. 그렇다면 나 역시 이 지구상에서 유일무이한 존재가 됩니다. 나와 똑같은 사람은 없으니 말입니다. 광대무변한 우주 속에서 똑같은 별이 하나도 없듯이 지구상의 그 많은 사람들 중에서 역시 나와 똑같은 사람이 없다는 것은 소중한 존재, 귀중한 존재로서의 의미를 증명하는 것입니다.

결국 하나뿐인 나, 한 번뿐인 인생이 떠오르게 됩니다. 뭔가 둔기로 뒤통수를 얻어맞은 듯한 충격이 느껴집니다. 천상천하유아독존이 되는가요?

그러니 당당하게 살아야지요. 내 존재를 미학시키지 않더라도 우리는 저마다 존재의 가치가 성립되어 있는 것입니다. 힘껏 내 생명이 다하는 날까지 살지 않을 방법이 없잖습니까? 하찮은 생명이 아니라 위대한 가치가 나를 리드하고 있었던 것이네요.

왜 진작 내 존재에 대해서 깊이 생각해 보지 않았는가, 이 무지와 어리석음을 꾸짖습니다. 물에 비친 달의 모습 그대로 나를 바라보면 되는 것이었는데 물고기들은 자기의 세상이자 집으로 생각하면

된 것이고 천상세계에서는 유리로 보면 된 것이고 아귀는 불로 보면 된 것을 거기에 무슨 은하수가 어떻고 하는 은유를 넣어 달의 존재를 인식하려 했던 내가 바보였다는 것을 깨닫게 됩니다.

내가 나의 모습을 바라보는 것도 그런 것 아닌가요? 있는 그대로의 나를 사랑하고 찬탄하면 되는 것을, 이 유일무이한 존재로서의 자긍심도 살짝 곁들이면 정녕 우리는 삶에 대해서, 인간에 대해서, 사뭇 우주에 대해서 존재가치는 살아날 것이란 생각입니다.

장미는 장미로서 아름다울 뿐이지 결코 해바라기와 닮을 수는 없는 것입니다. 이 또한 유일무이에 속한 일입니다.

나는 무엇을 보고 있는가

한 알의 모래 속에서 세상을 보고 한 송이 들꽃에서 천국을 보면 어떨까요? 그대 손바닥 안에 무한을 쥐고 한 순간 속에서 영원을 보면 어떨까요?

내가 애송하는 윌리엄 블레이크의 시 《순수를 꿈꾸며》는 다음과 같이 시작됩니다.

한 알의 모래 속에서 세상을 보고
한 송이 들꽃 속에서 천국을 본다.
그대 손바닥 안에 무한을 쥐고
한순간 속에서 영원을 보라.
(중략)
모든 농부는 잘 알고 있다.
자신이 보는 것을 의심하는 사람은
그대가 무엇을 하건, 그것을 결코 믿지 않을 것이다.

한 알의 모래 속에서 세상을 보고 한 송이 들꽃 속에서도 천국을 볼 수 있다는 것은 무한한 상상력의 발현입니다. 큰 우주를 품을 수 있는 일이고 순간이 영원을 지배할 수 있는 일입니다. 그러니까 한 순간 속에서 영원을 보라는 것은 지금 이 순간Now은 영원Eternity이란 다른 표현이 되는 것이지요.

내가 바라보는 세상과 내가 바라보는 사물들은 그것을 어떻게 바라보느냐에 따라 뜻이 달라지고 그것을 대하는 방법에 따라 달라집니다. 고른 시선으로 바라볼 때와 거친 시선으로 바라볼 때가 다르고 마음의 평정으로 대하는 세상과 혼란스러운 마음으로 대하는 세상일 때가 다릅니다. 뿐만 아니라 사람을 대할 때도 사랑으로 대하는 것과 증오로 대하는 것이 다르지요. 긍정으로 대하는 것 다르고 부정으로 대하는 것 역시 다르며 진실을 내세우는 것과 거짓을 내세우는 것 역시 다릅니다.

야트막한 언덕에 홀로 서 있는 나무를 본 적이 있습니까? 아니면 들판에 홀로 서 있는 나무를 본 적이 있습니까? 우리들이 살고 있는 이 땅에서 그들도 함께 존재하는 것이 세상이고 그들을 바라보고 사는 것이 우리네 삶의 정경인 것입니다. 그런데 그 자체를 보지 못하고 인정하지 못하고 우리는 이분법에 갇혀 자신이 무엇을 보고 있는가 하는 것에만 시선이 고정되어 있습니다.

어느 사람은 언덕을 보고 오르막이라 말합니다. 어느 사람은 내리막이라고 말하지요. 주장이 달라도 이 말은 둘 다 맞는 말입니다. 언덕 아래에서 보면 분명 오르막이 맞고 언덕 위에서 보면 언덕이 내리막으로 보이는 것이 사실일 테니까요. 그런데도 사람들은 저마다 오르막이라 우기고 내리막이라 우기기만 합니다. 이는 출구와 입구를 가리키는 것과 똑같습니다. 거기에서 나오는 사람은 출구일 테고 거기로 들어가는 사람에겐 입구가 되는 것입니다.

내가 보고 있는 것이 모두 옳은 것이란 고정관념에서 벗어나지 못하는 경우가 의외로 많습니다. 아니면 내가 보고 있는 것이 모두 그르다는 것을 인식하는 것 까지도 역시 그렇습니다. 이는 획일적이고 선입견에 사로잡혀 있는 경우가 많습니다. 뇌의 구조가 차츰 굳어지면서이고 또한 굳어져 자기들이 경험한 것들에 대해 고정되어 있기 때문이 아닐까요? 패턴이 만들어져 거기에 갇혀 빠져나오질 못하는 것입니다. 보이는 현상을 그대로 인정하는 것은 아주 간단합니다. 그러나 그 존재 자체를 그대로 이해하는 일은 어렵습니다. 형이상학적 아니면 형이하학적인 편견된 사고에 매몰됩니다.

한 알의 모래 속에서 세상을 보고 한 송이 들꽃에서 천국을 보면 어떨까요? 그대 손바닥 안에 무한을 쥐고 한 순간 속에서 영원을 보면 어떨까요? 자신이 보는 것을 의심하는 사람은 그대가 무엇을 하건, 그것을 결코 믿지 않을 것이란 농부의 마음을 안다면 어떨까요? 그것이 '순수를 꿈꾸는' 일입니다.

나뭇잎이 나무와 다투는 것을 본 적이 있는가요? 파도가 바다와 떨어지려 몸부림치던가요? 그렇지 않잖아요! 모든 농부는 잘 알고 있다잖아요. 자신이 보는 것을 의심하는 사람은 그대가 무엇을 하건, 그것을 결코 믿지 않을 것이라고요.

내가 이런 사람이었었나 하면서 놀랄 새도 없이 또 다른 자아가 자신에게서 출몰하는 것에 직면하게 합니다.

포기하지 말아요, 절대로 포기하지 말아요

사람은 실제로 자기 자신 외에는 아무 것도 소유하지 못합니다. 그런데도 많은 사람들은 이런 자신을 모르고 있습니다.

지금 내 처지가 가장 힘든 상황에 놓여 있다면 나는 지금 해낼 수 있다는 것에 단 한 발짝의 거리만 남겨 놓고 있다고 생각하세요. 마지막 남은 힘을 보태 내가 이루고자 하는 그 결론에 도달하는 것이 목표인 당신은 분명히 뜻을 이룰 것입니다. 내가 어떤 감각을 피하려고 하면 그럴수록 그것이 나에게 영향을 미치는 힘이 커집니다.

어떠한 경우라도 포기는 안 됩니다. 포기하지만 않으면 설령 몇 번의 실패와 고통, 좌절을 겪더라도 그것을 딛고 성공할 수 있다는 것이 진리이고 교훈이기도 합니다. 포기해 버린다면 그 사람은 달팽이처럼 자기 껍질 속에 파묻혀 버리는 사람이 되고 맙니다.

결심의 처지는 힘든 길에 들어서는 일이지요. 그런 힘든 일을 겪어내지 않고 어떤 일을 이뤄낼 수 있다는 것은 기적에 기적을 보태야만 이루어질 수 있는 불가능에 가까운 일입니다. 단호한 결심이 필요한 때는 포기하고 싶다거나 모든 일을 없었던 것으로 치부해 버릴 때입니다.

내가 어디로 가든 거기에는 내가 있습니다. 마찬가지로 나에게 어떤 일이 일어나든 거기에도 내가 있습니다. 그대가 누구든 그대가 어디로 가든 그대의 인생에서 어떠한 일이 벌어지든 그것은 그대의 운명인 것입니다. 그러기 때문에 자신을 잃지 말고 저 멀리 지나온 나의 모습을 상상하면서 끌림에 해당하는 인력을 키워야 합니다.

이 세상에서 나는 유일한 나입니다. 나와 같은 사람은 두 번 다시 이 세상에 태어나지 않습니다. 내가 세상을 떠나면 내가 가진 모든 것도 함께 떠납니다. 사람은 실제로 자기 자신 외에는 아무 것도 소유하지 못합니다. 그런데도 많은 사람들은 이런 자신을 모르고 있습니다.

사람은 기적을 불러올 초능력적인 힘을 가지고 있습니다. 불가능을 가능케 하는 동력을 가지고 있습니다. 그것을 믿고 노력한다면 이것은 당신의 인생에서 태풍의 눈이 될 수 있습니다. 태풍의 중심에는 눈이 있습니다. 이른바 태풍의 눈으로 거대한 에너지가 작용하는데 이 눈을 중심으로 대기가 빠른 속도로 회전하며 모든 것을 빨아들입니다. 이처럼 당신의 힘도 그렇게 작용될 것임을 나는 의심치 않습니다.

그 각성으로 출발하여, 스스로 자신을 짐작하지 말고 무엇이든 해낼 수 있다는, 이겨낼 수 있다는 그 믿음 앞에 서는 것입니다.

고대 스칸디나비아의 한 노인이 이렇게 말했습니다.

"나는 신도 믿지 않고 악마도 믿지 않는다. 오로지 나 자신의 육체와 영혼의 힘만을 믿는다."

이렇듯 자신의 육체와 영혼의 힘만을 믿는 강한 의지가 필요합니다. 그 어떤 말도 희망을 남길 수 있을지는 몰라도(나의 얘기도 포함하여) 종내 그것을 감당하고 극복해야 하는 것은 자기 자신임을 잊지 말아야 합니다.

극복했다는 것은 이겨냈다는 것입니다. 극복은 오로지 자기 자신의 의지에 달려 있는 것입니다. 타인에 의한 의지는 의지가 될 수 없습니다. 어쩜 지독하리만치 인내와 고통을 참아내면서 그것을 이겨낼 수 있는 것은 당신 자신만이 할 수 있는 일입니다.

포기하려는 마음은 세상에서 느끼는 기쁨을 모두 말려버리려는 힘이 있습니다. 상실에 가까운 절망과 능동적인 행동을 차단시켜 나 자신을 너무 무기력하게 만듭니다. 어떤 경우에도 나는 해낼 수 있다는 신념이 살아 있어야 합니다. 신념이 강하면 못할 일이 없지요.

불행을 피하고 고통을 피하는 방법으로서 이불을 뒤집어쓰고 눈을 가리고 있다고 해서 벗어날 수 있는 것이 아닙니다. 불행은 우리가 없앨 수 있는 인생의 한 부분으로서 우리들의 삶과 밀접한 관계가 맺어져 있습니다. 빛과 어둠, 산과 골짜기의 명암이 상반되는 것과 같지요. 그래서 용기를 가지고 신념을 포기하지 말라고 말하는 것입니다.

인생에는 분명한 변곡점이 옵니다. 땅바닥을 치고 일어설 기회가 반드시 옵니다. 어렵고 힘든 시간을 이겨낸 만큼 자신감을 크게 해주는 것도 없습니다. 우리가 가끔 지나간 시간 속에서 위안을 찾는 것은 그 때문입니다.

복음서를 읽어보면 알 수 있지만 예수 그리스도의 가장 비범한 특질은 어떠한 경우에도 좌절하지 않는 단호함에 있습니다. 그것이 바로 예수 그리스도의 가르침인 것입니다.

긴 항해를 떠날 때면 설렘은 누구의 가슴에서나 일어나는 희망입니다. 그러나 잔잔한 바다에 감추어진 빙산을 발견하지 못해 불행을 당하는 수가 많습니다. 인생에서 이와 같은 빙산은 바로 좌절입니다. 이 좌절과 맞닥뜨리지 않아야 배가 순항을 하듯 우리의 인생도 평온할 수 있습니다.

어떤가요? 삶의 이유가 간단히 정리되지 않았나요?

창조된 것들을 위하여

창조된 기쁨을 어디서 찾을까요? 살아가는 과정에서 찾아야 합니다. 태어났다고 해서 그 의미가 전체적인 것이 아닙니다.

태평양 한가운데에 아름답게 떠 있는 섬들을 사진 속으로 보면 마치 아직 원죄를 모르고 있었을 때의 에덴동산 하나가 떠 있는 것 같다는 생각이 듭니다. 그러나 그 섬은 절로 생겨난 것이 아니라 작은 산호충 하나하나가 쌓여 바다 밑으로부터 융기한 것으로서 오랜 시간이 지나고서 만들어진 것입니다. 백년? 아니면 천년이던가요? 억년일지도 모르지요.

약 45~46억 년 전 지구가 탄생한 후 지구에 처음 생물이 생긴 것은 약 35억 년 전으로 처음에는 아주 작은 식물이 바닷물 속에서 생겨나고 다시 육지에도 식물이 생겨나기 시작했으며 이것들이 점차 진화되면서 번성하였습니다. 그리고서 인간의 모습에 이르렀습니다. 그 오랜 세월, 어마어마한 세월을 견딘 뒤에 지구는 인간을 만들어낸 것입니다.

그런 것에 비해 내가 창조되고 세상의 빛을 발견한 것은 불과 10

개월에 지나지 않았습니다. 지구가 생물을 만들어낸 것이나 태평양에 아름답게 떠 있는 섬들의 그 오랜 기다림에 비하면 상당히 미안한 일이지요.

창조된 기쁨을 어디서 찾을까요?

살아가는 과정에서 찾아야 합니다. 태어났다고 해서 그 의미가 전체적인 것이 아닙니다. 사람으로 태어났으면 사람다워야 하고 생명이란 존엄성에 다가가 그 생명이 요구하는 실질적인 것들을 수행해야 합니다. 면구스러운 일은 하지 말아야 하는데 그것도 쉽지가 않구요.

세상 살아감을 항해에 비유하기도 하고 여행에 비유하기도 하지요. 저쯤 어딘가에 있을 희망봉을 찾으려 하기도 하지요. 그러나 모든 것은 순간에 이루어진 것 없고 찰나에 도달한 것 없습니다. 오랜 시간을 필요로 하는 것입니다.

내 삶의 의미부여는 나만의 삶이 창조된 것 아닐까요? 그러니 태평양에 떠 있는 아름다운 섬이나 지구가 탄생하고 생물이 생겨나 진화되어 인간이 만들어지기까지의 그 오랜 과정을 우리는 숭고한 이념으로 겸허하게 받아들여야 합니다. 비록 그들과 비유될 수 없는 10개월이라는 한정된 시간에 머물다 불과 4cm의 산도産道를 뚫고서 세상에 나왔다 할지라도 우리들 인생 전반에 걸친 세월은 그것들과 다르지 않기 때문에 진지해야 하고 성실해야 하고 올바르게 살아져야 합니다. 그리고 생명이 절로 꺼져 갈 때까지 삶을 살아내야 합니다. 수행과 같은 것이지요.

가치로 따지자면 지구의 45억 년이나 우리 생애 100년이나 다를 것은 없습니다. 오래 되고 그보다 짧은 것을 따지자면야 비교가 안 되겠지만 기실 생애는 같은 것입니다. 굳이 다르다면 지구는 지속되고 우리의 삶은 한정되어 있긴 하지만요.

창조된 것들의 삶은 숭고한 것입니다. 존중되어야 하고 지켜져야 하고 그것들의 생애에 대한 가치가 살아 있어야 합니다. 우리는 그 가치 있는 삶을 살아내야 합니다. 뜻 없이 생애의 한 구절을 넋없이 살아가선 안 됩니다. 그러면 정말 지구와 태평양에 떠 있는 에덴동산과 같은 섬들에게 상당히 미안하고 면구스러운 일이지요.

서로 사랑하는 사람들은

사랑은 이론이 끝나는 그곳에서 시작한다는 사실을 잊지 말아요. 그래서 사랑은 헌정입니다. 각자의 프리즘을 통해 사랑을 받아들이는 것입니다.

서로 사랑하는 사람들은 서로를 필요로 하기도 전에 왜 이별을 하는 것일까요? 아마도 어느 순간이고 그런 필연성이 나타나기 때문이겠지요. 그렇지 않다면 함께 있다는 것과 서로 사랑한다는 것도 일시적인 일이기 때문일까요? 중용을 벗어나는 모든 것도 결국은 유일자에게 받아들여지고 제지를 받아야만 할 때는 어쩔 수 없이 고독하다는 확신이 서듯 말입니다.

사람들은 사랑이라는 눈에 띄는 연대감조차도 고독하게 서로 떨어져서만이 발전시키고 완성시킬 수 있다는 사실을 알게 됩니다. 인간은 강렬한 연대감 속에서 자기의 마음을 서로 잡아 어디엔가 몸을 던져 버리게 하는 향유享有의 물결을 일으키면서도 그의 이별의 감정 속에서 사랑이 그 자체로서 일상의 일이 되며, 상대방에 대한 크고도 대담한 욕구라는 끊임없는 문제를 제기하기 때문입니다.

서로 사랑하고 있는 존재들은 자신들의 주위에 끝없는 위험을 불러오기는 하지만 감정을 훼손하고 무너뜨리는 아주 사소한 위험에는 안전합니다. 그들은 언젠가 종내에 가서는 바라던 것을 바라고 기대하기 때문에 아무도 상대방에게 조건을 붙임으로써 이치에 맞지 않은 짓을 할 수가 없습니다. 하지만 반대로 그들은 서로에게 한없는 공간과 넓이와 자유를 줍니다. 마치 신을 믿고 있는 사람들이 언제나 그의 가슴으로부터 가득 차 넘쳐나는 믿음과 모든 권리를 불러내듯 말입니다.

귀를 기울여서야 얻어진 이런 사랑하는 사람은 조심스럽게도 슬기를 갖고 있어서 자기를 드러내지 않기 때문에 개개인의 무아경 속에 깃들인 신에 대한 사랑은 상상으로 얻어진 즐거움의 순간으로 이끌어 갈 수도 있습니다. 그러나 사랑의 본질에서 볼 때 여전히 그것은 문제로 남습니다. 지난스럽고 어려운 매일매일의 품꾼의 일입니다.

만일 당신이 이런 사랑, 그 사랑의 관대함, 그리고 외롭지도 절망하지도 않으며 만족스런 사랑에서 얻어지는 것들을 파악한다면 인간 사이에도 이와 같은 사랑만이 옳으며 또한 그런 사랑만이 사랑이라는 이름에 합당하다는 사실을 인정하게 되실 겁니다. 이제 저의 결론은 이 점에 귀착됩니다. 이런 통찰을 예감하는 것이 바로 서로 사랑하는 인간들이 서로를 떠나는 원인이 아닐까요?

사랑은 유일한 보존력을 가지고 있습니다. 사랑이 증오가 되었을 때 사람들은 곧잘 사랑이 잔인하다고 상상하지만 사랑의 유일함은 그것을 마음속에 항상 품고 있다는 것입니다. 그러니까 사랑으로 인한 증오는 증오가 아니라 내 스스로가 만든 저버림에서 탄생한 것입니다.

사랑은 이 세상에서 가장 활발하게 논의되면서도 이해되는 바가 가장 적은 주제입니다. 그렇다면 우리들 대부분은 사랑에 대해 시야가 좁은 일방적인 견해를 가지고 있는 것이 분명합니다.

박애주의자들은 사랑은 주는 것이라고 말합니다. 그러나 내 생각은 다릅니다. 사랑은 주는 것이지만 받는 것이기도 합니다. 일방적으로 주기만 하고 일방적으로 받기만 하는 사랑은 사랑이 아닙니다. 사랑으로서의 성립이 어렵습니다. 다 자란 장미를 말려서 그것을 전하는 것이 아니라 씨앗으로부터 생명 있는 꽃으로 존재하는 그 과정을 함께 지켜보면서 성장시키는 것입니다.

사랑은 이론이 끝나는 그곳에서 시작한다는 사실을 잊지 말아요. 그래서 사랑은 헌정입니다. 각자의 프리즘을 통해 사랑을 받아들이는 것입니다. 그렇지 않으면 상대방의 고귀한 마음은 굴절될 수밖에 없습니다.

사랑은 녹아서 하나가 되는 것이 아니라 존재하는 그 상태일 뿐입니다.

세상에 뜻만 굳다면 기적을 만들 수 있습니다

사람은 다른 사람을 위해 강해질 수 없습니다. 오직 자기 자신을 위해서만 강해질 수 있습니다. 그래서 나는 나의 구원자가 되는 것입니다.

사람은 희망에 속지 않고 절망에 속습니다. 스스로 빠진 절망에 고통스러워하며 어떤 절망과 맞닥뜨리면 그것이 마지막인 것처럼 비관을 하지요. 그러나 어떤 절망과 마주 섰어도 희망은 어딘가에 살아 있다는 것을 명심해야 합니다. 세상에 뜻만 굳다면 못할 일은 하나도 없습니다.

사람에게는 두 가지의 의지가 있는데 하나는 위로 향하는 의지이고 또 하나는 아래로 향하는 의지입니다. 이 두 가지는 사람의 마음속에서 서로 다투고 있습니다. 한편에서는 모든 희망을 포기하라고 말합니다. 그리고 한편에서는 희망을 버리지 말라고 말합니다. 이렇듯 서로의 입장에서 분투를 요구합니다.

살아가면서, 삶이란 지대한 세월을 지니면서 살아가게 되는데 어떤 불행이 닥칠지라도 그것을 휘어잡을 의지만 있다면 무서울 것이 없습니다. 두려울 것이 없습니다.

의지는 파동을 불러옵니다. 그러면 주파수가 맞아야 되겠지요. 어떠한 경우라도 나는 해내고야 말겠다는 정신이 살아 있어야 합니다. 그러면, 정신의 연금술을 연마하면 납을 금으로 바꿀 수 있는 기적이 생깁니다. 그런 당신에게 묻지요. 당신은 이 세 가지 질문에 답할 수 있어야 합니다.

"나는 무엇을 원하는가?"
"나는 무엇을 할 수 있는가?"
"나는 무엇을 해야 하는가?"

나는 무엇을 원하는가?

돈인가요, 그럴 수도 있습니다. 철학자나 천재적인 작가들은, 돈을 벌고 그것을 소비하는데 정신 팔린 사람들의 삶을 경박하다고 말합니다. 그래서 아주 의미 없는 삶이라고 규정하지만 그것은 철학자와 천재적인 작가들의 묵상이고 대다수 사람들은 그것을 즐기려 하고 거기서 행복의 엑스터시를 느끼려 합니다. 그러나 지금의 나는 돈이 아닙니다. 건강하길 원합니다. 그 어느 것도 나에겐 중요하지 않습니다.

나는 무엇을 할 수 있는가?

할 수 있는 일이 많습니다. 그동안 당신은 당신의 인생을 거기에 몰입해 둔 것이 있습니다. 명예를 위해 분투했고 권력을 잡아들이기 위해 너무나 많은 발품을 팔았고 정신을 팔았습니다. 명예와 권력은 영적으로 보면 같은 뜻입니다. 그러나 지금의 나는 명예와 권력을 위해 할 수 있는 일이 없어졌습니다. 할 수 있어야 할 일이 달라졌습니다. 새로운 일이 생긴 것입니다. 그것이 무언가를 설명할 필요까진 없겠지요.

나는 무엇을 해야 하는가?

내게 찾아온 모든 것들의 이치를 파악하면서 조용히 자신을 명상의 시간에 놔두면서 자신의 정신적 시야를 가리고 있던 거미줄을 걷어내는 일입니다. 어둠은 빛을 섬기고 지옥은 천국을 섬깁니다.

당신에겐 마음속의 신전이 필요합니다. 거기에 우상을 모셔 둘 필요는 없습니다. 그 우상이 꼭 어떤 존재일 필요는 더더욱 없습니다. 그저 내가 원하는 것을 들어주면 되고 무엇을 할 수 있는지 새로운 길을 제시해 주면 되고 무엇을 하면 되는지 알려 주기만 하면 되는 것입니다.

내가 행해야 할 일을 시작하는 것이야말로 희망입니다.

사람은 다른 사람을 위해 강해질 수 없습니다. 오직 자기 자신을 위해서만 강해질 수 있습니다. 그래서 나는 나의 구원자가 되는 것입니다.

"겨울 한복판에서도 내 마음엔 여전히 뜨거운 여름이 존재하고 있었다"고 말한 카뮈의 독백을 읊조리며 가벼운 마음으로 자리를 털고 일어나시길 바랍니다.

인간은 나무늘보나 표범, 그들보다 못할 수도 있습니다

나비가 세상에 태어나 자유롭게 날아다니는 것을 보려면 나비가 날개를 펴고 날 수 있을 때까지 기다려야 합니다.

아프리카의 정글에 사는 표범에게 그의 움직이는 속도는 바로 생명입니다. 남미에 사는 나무늘보 역시 그의 움직이는 속도도 생명입니다. 표범은 먹이를 사냥하기 위해 빠른 몸놀림을 가져야 하고 나무늘보는 생명의 위협으로부터 다른 동물들의 눈에 띄지 않기 위해선 아주 느린 동작의 몸놀림을 가져야 하기 때문이지요. 이렇듯 동물들은 살아가기 위한 살아남기 위한 저마다의 생존 전략이 있는 것이며 그 전략에 의해 자신의 몸이 움직여지게 됩니다.

나무늘보처럼 느린 동물이 갑자기 빠른 동작의 표범처럼 될 수 없고 표범처럼 빠른 동물이 갑자기 나무늘보처럼 느린 동물의 동작으로 변할 수는 없습니다. 그들은 탄생부터 생래적으로 그런 몸놀림의 동물이 되어버린 것입니다. 그러니까 자기들의 생명을 보호하는 기능을 가지고 태어난 것이지요.

그러나 인간은 다르지요. 표범의 빠른 움직임만을 추구할 수 없고 나무늘보처럼 느림만의 움직임을 추구할 수 없습니다. 상황에 따라 속도가 조절되어야 하고 상황에 따라 움직임의 변화가 달라져야 합니다. 그런데 표범의 행동만으로 그들을 부지런하다고 단정지을 수 있고 나무늘보의 행동으로 그들이 게으르다고 단정지어 말할 수 있을까요? 그럴 순 없지요. 그럼요, 그럴 수 없습니다.

우리는 언제부턴가 빠른 속도를 최상급이라 생각하고 느린 속도를 최하급 세계로 규정하는 경우가 생기고 말았습니다. 속도가 지닌 속성을 제외하고 무조건 빠르면 좋다는 인식이 생긴 것이지요. 하지만 빠름은 전체를 바라보는 안목을 잃게 될 소지가 많고 느림은 태만을 가져올 소지가 많습니다. 그래서 빠름과 느림의 적절한 배분이 이루어져야 합니다. 때론 빠르게, 때론 느리게.

나비가 세상에 태어나 자유롭게 날아다니는 것을 보려면 나비가 날개를 펴고 날 수 있을 때까지 기다려야 합니다. 나비가 자신을 둘러싼 고치를 찢고 나올 때 누군가가 그 고치를 찢어 도와준다면 그것은 나비를 도와주는 것이 아니라 나비를 죽이는 것이 됩니다. 일정한 기간 고통을 참고 나와 날개가 마른 후 나비는 비로소 나비의 세상을 맞이하게 되는 것입니다. 꽃을 찾아 거기에 앉아 숨을 쉬고 자유롭게 날갯짓을 합니다. 이 관목에서 저 관목으로 애벌레로 성장하던 시절에 그가 기어 다녔던 나뭇가지가 전부가 아니라 이제부턴 세상 전체가 그의 살아가는 인생무대로 바뀌게 됩니다.

매미는 땅에 떨어진 유충이 흙속에서 5~7년 굼벵이로 지낸 뒤 땅을 뚫고나와 나무줄기에 매달려 허물을 벗고 날개를 충분히 말립니다. 그런 후 7~20일 정도 나무의 진물을 빨아먹으며 살다가 교미를 한 뒤 생을 마감합니다. 죽어서는 애벌레 시절 수액을 공급해준 나무에 비료가 되어 감사함에 보답하는데 매미의 애벌레가 어떻게 오랜 세월 땅속에 있으면서 언제 밖으로 나와야 하는지 정확한 시간표를 알고 있다는 사실은 신비한 일이 아닐 수 없습니다.

생존에는 이처럼 인내와 기다림이 필요하고 자기 생존에 필요한 조건을 갖추어야 합니다. 그것이 우리 인간들에게도 예외가 될 수는 없지요. 인간을 만물의 영장이라고 하지만 결코 생존에 필요한 모든 전략적 측면에서 볼 때 꼭 그렇다고는 할 수 없습니다. 어쩌면 생존 자체로만 본다면 인간은 나무늘보나 표범보다 못할 수도 있습니다. 스스로 만든 보호벽에 갇혀 자유롭지 못한 생활을 누리고 있는지도 모릅니다.

바다거북을 예로 보죠. 바다거북은 해변에서 느림의 행동을 보입니다. 나무늘보와 경주를 시키면 볼 만할 정도로 느린 행동을 보입니다. 그러나 바다거북이 바다로 들어가면 시속 35킬로미터의 놀라운 속력을 보이는데 육지에서 그만한 속력을 지닌 동물은 몇몇 동물을 제외하고는 없을 것입니다. 이렇듯 생존은 환경에 적응하는 동물들에게 적절하게 배분되어 그들 나름대로의 생존을 이어갈 수 있게 했습니다. 그래서 빠르게 아니면 느리게 살아가는 모든 동물들의 삶은 그들대로 다 이유가 있음을 알게 합니다.

스스로 묻고 스스로 답해야 합니다

사람이 얼마나 오래 살았는가 하는 문제는 시간의 개념으로 측정하기 어렵습니다. 삶은 무엇을 어떻게 생각하면서 어떤 일을 해왔는가 하는 문제가 더 중요합니다.

삶을 살아가기 위한 위대한 명제가 있다면 '나는 누구이며 왜 사는가?' 란 물음표에 자기의 시간표를 제시할 수 있어야 합니다. 정의를 쉽게 내릴 수 있어야 합니다. 그리고서 자신이 가야 할 길을 가야 합니다. 나는 누구인가에 대한 정의를 내리지 못하면서 자신의 길을 가는 것은 그 길이 나의 길인지도 모르고 무작정 길을 떠나는 사람과 별반 다르지 않습니다.

선방禪房의 경구인 조고각하照顧脚下를 떠올려 보지요. 불교에서 선문답으로 나오는 이 말은 자기 발밑을 살펴보라는 뜻으로 가장 올바른 의미는 자신의 존재를 살펴보고 벗어놓은 신발을 살펴 바르게 놓으라는 말입니다. 그러나 사람의 삶에 어찌 신발만 가지런히 놓아야 할까요. 인생 전체를 가지런하게 하라는 경구가 아닐까요? '도를 멀리서 찾지 말고 가까이에서 찾으라' 는 말로도 해석할 수 있는 이 말을 우리는 새겨야 합니다.

나 스스로 가야만 하는 길에는 물리적인 전개를 통한 길도 중요하지만 그렇지 않은 길이 바로 선방이 제시하는 경구와 같은 말입니다. 우리들이 가야 할 길은 자신에게 주어진 삶의 모든 것을 수행하는 일입니다.

소로는 우리에게 많은 생각을 통해 자신의 길을 바꾸기를 갈망하고 있습니다.

"한 발짝을 내딛는 것으로 땅에 길을 내지 못하는 것처럼, 한 가지 생각만으로는 마음에 길을 내지 못한다. 물리적으로 깊이 파인 길을 만들기 위해 우리는 걷고 또 걷는다. 정신적으로 깊이 있는 길을 만들려면 우리 삶을 지배했으면 하고 바라는 그런 종류의 생각을 하고 또 해야 한다."

세상은 좋은 일과 나쁜 일을 구분하지만 사람은 좋은 일과 나쁜 일을 함께 견디며 살아갑니다. 다만 우리는 그 중간에 서 있는 것이지요. 이것이 삶의 모습입니다. 누구에게나 좋은 일만 생기는 것이 아니고 나쁜 일만 생기는 것이 아니라 좋은 일도 맞이하고 나쁜 일도 맞이하면서 그렇게 살아가는 것입니다. 그래서 삶은 때론 좋기도 하고 싫기도 합니다. 그러므로 그것이 어떠한 것이든 그것을 맞이하는 우리들의 자세가 가장 중요하고 그것을 생각하는 깊이가 중요합니다. 우리는 이러한 길을 가며 견디고 사는 것입니다.

사람이 얼마나 오래 살았는가 하는 문제는 시간의 개념으로 측정하기 어렵습니다. 삶은 무엇을 어떻게 생각하면서 어떤 일을 해왔는가 하는 문제가 더 중요합니다. 그러하지 않으면 아무리 오래 살아도 그의 삶은 숨만 쉬었을 뿐이지 인간다운 삶을 살았다고 볼 수 없습니다.

인생에서 화와 복은 그물과 같이 서로 교차되어 있습니다. 그러므로 화가 닥친 일이나 복된 일에나 항상 변함없는 감사를 하면서 지내는 것이 현명한 방법입니다. 화를 당하였다고 절망하거나 복된 일이 찾아왔다고 한껏 들떠 있거나 하는 것은 적절한 삶을 살아가는 태도가 아닙니다.

석가모니의 '육바라밀', 즉 보시, 지계, 정진, 인욕, 선정, 지혜의 수양 정도를 밀도 있게 그려나간다면 우리 인생은 한결 정제되고 뜻있는 삶을 살아갈 수 있겠지요.

사람은 곧잘 좋은 일과 나쁜 일이 혼재되었을 때 운명이란 말을 꺼냅니다. 그리곤 자신을 위로하지요. 하지만 운명은 정지되어 그대로 서 있는 것이 아닙니다. 운명은 인간의 힘으로 어쩌지 못하는 숙명이 아니라 자신의 의지에 따라 얼마든지 바꿀 수 있는 것으로 자기 스스로 만들 수 있다고 나는 확신합니다. 그래서 이를 동양사상에는 입명立命이라고 표현하는 것 아니겠습니까?

운명과 인과응보의 법칙은 서로 씨실과 날실을 이루어 우리의 인생을 지배합니다. 하나 더하기 하나는 둘인 것처럼 B라는 결과는 분명 A라는 원인이 있었기 때문에 나타나는 것을 말하지요. 그렇다면 우리는 어떻게 살아야 할 것인가? 스스로 묻고 스스로 답해야 합니다.

오래 사는 것은 운명이 할 일

모래시계에 남은 마지막 한 알의 모래는 시간을 계산하고 있는 것이라 믿는가요? 아닙니다. 그것은 점차 시간의 종말을 알리고 있는 것입니다.

오래 살고 싶은 원망願望은 사람 누구나 바라는 것입니다. 그러나 그것은 내가 할 일이 아니라 운명이 할 일입니다. 운명은 자신의 생각의 흐름을 따릅니다. 생각으로 자기 삶을 바라보고 또 만들어 가는데 좋은 삶에 대해 생각하는 사람은 좋은 삶을 살 수 있습니다.

'사람들이 갖고 있는 가장 일반적인 착오는 지금은 결정적인 때가 아니라고 생각하는 것' 이란 에머슨의 말처럼 그날그날이 평생을 통해 가장 좋은 날이라는 것을 마음속 깊이 새겨 두어야 합니다. 우리 삶의 태도는 항상 오늘이 최우선이고 내일이 없다는 자세가 되어야 합니다. 그런 날들이 결국 인생 여정을 순조롭게 하며 탄력 있게 만들고 가치 있게 만드는 것입니다.

인생이란, 삶과 죽음 사이에 있는 것입니다. 얼마만큼의 길이이든 높이든 나의 인생은 나의 삶과 죽음 사이에서 명분을 찾는 일입니다.

세네카는 삶에 대해 이렇게 말했습니다.

"죽음이란 요컨대 지금처럼 지내 온 인생이 중단되는 것뿐입니다. 인간은 점화點火되어 차츰 사라집니다. 생존을 지속할 수 없게 된 상태와 아직 생존을 시작하지 않은 상태는 같지 않은가요? 우리는 살아가면서도 실은 날마다 죽어가는 것으로, 그만큼 우리의 생애는 점차 갈수록 줄어들고 있습니다. 시시각각 흘러가는 시간들은 우리 생애를 빼앗아 가므로 모든 과거는 잃어버린 것이나 마찬가지지요. 아니 현재 살고 있는 이 순간에도 여전히 죽음은 다가오고 있는 것입니다.

모래시계에 남은 마지막 한 알의 모래는 시간을 계산하고 있는 것이라 믿는가요? 아닙니다. 그것은 점차 시간의 종말을 알리고 있는 것입니다. 이와 마찬가지로 우리 생애의 마지막 호흡은 죽음을 만들어내고 있는 것이 아니라 삶의 종말을 고하고 있는 것입니다. 세상에는 우리가 삶을 원하는 것보다 더욱 간절히 죽음을 원하는 사람도 있지만, 죽음은 때가 되지 않았는데 앞질러 구하기보다 때가 되었을 때 기꺼이 받아들일 일이에요.

우리가 조금이라도 더 살고 싶어 하는 것은 무엇 때문일까요? 그것은 목숨을 최대한 연장시켜 인간의 본분을 다하기 위해서입니다. 아직 다하지 못한 무엇을 완수하기 위함이며 아직 마련되지 않은 그 무엇을 채우기 위함입니다. 목숨처럼 아끼는 사랑에 대한 헌신을 다하기 위함입니다.

우리는 자기 물건을 버리길 매우 싫어하지만 무거운 짐을 지고 헤엄을 잘 칠 수는 없는 것이지요. 한결같이 죽음을 두려워하면서도 동시에 삶에 대해 너무 무지합니다. 죽음이라는 안전지대에 이르러 공포에 떠는 것처럼 수치스러운 추태가 어디 있을까요? 죽음이 언제나 두려운 것이라면 항상 그것을 두려워해야 하지만 죽음이란 그런 성질의 것이 아닙니다. 죽음을 절대 두려워하지 않는 방법은 때때로 죽음에 관해 명상을 해보는 것입니다.

우리는 무엇 때문에 피할 수 없는 죽음을 조금이라도 더 오래 살고자 발버둥치는가? 죽는 사람은 먼저 죽은 사람의 흉내를 내는데 지나지 않습니다. 죽음에 대한 어두운 예상으로 말미암아 한평생 두려움에 떨고 있는 사람은 너무도 비참하지요. 그들은 매일매일 불안에 시달림을 당하고 있는 꼴이며 언제 불의의 습격을 당할지 모르는 공포의 처지에 놓이는 것이나 다름없습니다.

우리가 살아가는 마지막 생애의 죽음은 결코 벌罰이 아니라 대자연의 법칙임을 깊이 깨닫고 죽음에 대한 공포는 인간에게 끊임없이 고동치는 심장의 맥박과 같은 것이므로 이 공포를 이겨내면 다른 모든 공포에 시달리지 않게 됩니다."

인생은 마치 항해와 같으며, 인간은 언제나 뱃멀미 때문에 고통스러워하고 또한 때로는 난파도 각오해야 합니다. 언제 어디서 위험에 빠질지 모를 위험을 단단히 각오해야 합니다. 난파가 항해 도중에 일어나건 나중에 일어나건 어차피 마찬가지지요. 죽음을 두려워하는 것은 어리석은 일이며 삶 자체를 두려워하는 것과 같습니다.

제2부

"
이제 삶과 죽음과 인간의 운명에 대하여
명상을 시작합시다.
우리는 우리의 생각과
마음을 결정할 수 있습니다.

연꽃을 사랑하는 시인

빈손과 빈손 사이, 삶은 무엇을 움켜쥐려고 하는 다툼투성이인 세상에서 연꽃의 존재는 단순하게 꽃의 존재로만 머무는 것이 아니라 그 이상의 무엇을 깨닫게 합니다.

수련은 인도 고대 종교에서는 '무명無明을 깨치는 태양을 낳는 꽃' 이었으며 그것을 산스크리트어로 연이(여니, 요니, yoni)라 합니다. 해가 뜨면 꽃이 피는 수련은 태양을 상징하면서 이집트 고대 문양의 중심에 있는 꽃이었으며 연꽃은 그런 태양을 낳는 꽃이지요. 그런 연꽃은 밤에도 피어 있어요.

사찰에 가서 사찰을 둘러보면 여러 문양을 볼 수 있습니다. 그 중 가장 많이 볼 수 있는 문양 가운데 연꽃을 빼놓을 수 없지요. 부처님과 보살이 앉아 있는 연화좌를 비롯하여 문살, 불단, 탑, 부도, 심지어는 처마 끝을 잇는 암수막새에 이르기까지 연꽃이 장식되지 않은 곳이 거의 없습니다. 불교의 정신세계를 상징하는 존재가 바로 연꽃이기 때문입니다.

나는 연꽃을 지독히도 사랑하고 예뻐하는 어느 시인을 알고 있습니다. 그녀는 허리 아프게 꽃을 사랑합니다. 그 중에서도 특히나 연꽃을 예뻐하는 이유를 나는 추측하지요.

연꽃은 참으로 깨끗한 꽃입니다. 꽃에게도 영혼이 있다면 그 영혼이 이렇게 깨끗하다는 것을 부정하지 않겠습니다. 특히 연꽃은 말이지요.

아침의 햇빛을 받아들이기 위해 연꽃은 꽃잎을 엽니다. 그것은 받아들임이 아니겠습니까? 포용과 이해와 설득이 담긴 받아들임. 시인은 그 내용에 취해 연꽃을 사랑하는지 모르겠습니다.

바람을 거부하면서 피는 꽃이 어디 있으며 거기에 앉은 아름다운 나비는 고난을 이겨낸 애벌레의 승리입니다. 시인은 애벌레의 고난의 승리와 흔들리는 꽃의 율격을 흠모하고 있어서 그렇게 꽃을 사랑하는 것이라 나는 늘 짐작했습니다.

나는 그런 시인의 마음을 사랑합니다. 그의 영혼까지도 말이지요.

빈손과 빈손 사이, 삶은 무엇을 움켜쥐려고 하는 다툼투성이인 세상에서 연꽃의 존재는 단순하게 꽃의 존재로만 머무는 것이 아니라 그 이상의 무엇을 깨닫게 합니다.

연꽃을 바라보듯 나는 그녀의 삶을 조용히 들여다보며 스캔합니다.

이 세상은 우리 마음이 투영된 세상입니다

시간은 과거와 현재 그리고 미래로 연결되어서 흘러갑니다. 이는 물질계에 있는 모든 것은 시작과 중간, 끝을 갖고 있으며 일시적으로 존재한다는 것을 가리킵니다.

오늘 생명을 더 연장시키고 싶어 하는 사람은 백년 후에도 역시 좀 더 오래 살고 싶어 할 것이 분명합니다. 문제는 자연이 우리 뜻에 따르느냐, 우리가 자연의 뜻에 따르느냐에 달려 있어요. 결국 죽어야 하는 것이라면 일찍 죽거나 늦게 죽거나 별로 문제가 되지 않습니다. 오래 사는 것은 운명이 할 일이며 짧은 생이라도 충분히 의의가 있게 하는 것은 도덕이 할 일이지요.

인간의 나이는 단지 우연의 결과라고 나는 생각합니다. 얼마만큼 오래 사느냐는 운명의 손에 달려 있으나 얼마나 잘 사느냐는 내 손 안에 있는 나의 권한입니다. 인간이 현명해지기까지 상당한 시간을 살아야 하지만 늙어서 죽는 것은 피로하여 잠자리에 드는 것과 다름이 없습니다.

생명이 살 수 없을 것 같은 척박한 땅에서도 식물이 자랍니다. 빛과 생명을 향한 줄기를 뻗고서 강인한 생명력을 보이죠. 모든 것의 생성과 발전에는 그에 상응하는 시간이 걸리게 되어 있으며 그것을 바라보는 경이로움은 신비롭기만 합니다.

우리가 살아가는 이 세상은 우리 마음이 투영된 세상입니다. 우리 마음을 벗어나지 않는 세상은 어떤 방법으로 살아가느냐에 따라 달라집니다.

삶과 죽음은 동의어입니다. 떼려야 뗄 수 없고 삶은 죽음을, 죽음은 삶을 배척할 수 없습니다. 시곗바늘의 규칙적인 움직임에 따른 시간 본위에 따르고 있는 것이지요.

시간은 과거와 현재 그리고 미래로 연결되어서 흘러갑니다. 이는 물질계에 있는 모든 것은 시작과 중간, 끝을 갖고 있으며 일시적으로 존재한다는 것을 가리킵니다. 그것처럼 우리의 삶과 죽음은 순간에서 영원으로 이어지는 것 같아도 찰나에 지나지 않고 시간의 무게에 눌려 점차 사라져 가는 것입니다.

시간 앞에서 우리는 너무나 약한 존재입니다. 한 번 흘러가면 그만인 시간을 앞으로 얼마든지 남아 있는 것처럼 생각하고 삽니다. 물론 나이에 따라 조금 다르긴 하겠지만 앞으로의 시간이 결코 많지 않다는 것을 느낄 때가 머지않아 옵니다. 점차 시간이 아깝다는 생각과 그 시간을 잡아두려고 허둥대는 마음이 의식 전반에 걸쳐 안개가 드리워지듯 그런 느낌 앞에서 배회하게 될 시간이 옵니다.

지금 현재의 시간 혹은 오늘만을 셈하고 살지 말아요. 인생은 여러 번의 행복한 순간과 여러 번의 불행한 순간이 교차합니다. 오늘의 행복과 불행이 전부가 아닙니다. 그 어떤 사람의 운명도 불안하게 흔들리기는 마찬가지라는 사실, 지금 고통에 힘겨워하는 사람이 있다면 이 말을 꼭 들려주고 싶습니다.

불행하다면 그 불행의 원인과 대항하여 싸우십시오. 힘듦이 내 삶을 지배하면 그 힘듦과 싸워 이겨내십시오. 비행기는 바람과 함께 이륙하는 것이 아니라 바람에 대항하여 이륙하는 것이라는 사실, 불행을 이기려다 포기하려는 마음이 있는 사람이 있다면 이 말 또한 꼭 들려주고 싶습니다.

동자꽃 마음

우주 만물은 항상 돌고 변해서 한 모양으로 머물지 않는다는 뜻은 세상에 변하지 않는 존재는 없다고 해야 하는 것인가요?

어느 해 여름, 조용한 산사를 찾았습니다.

대웅전 앞에 핀 불두화는 부처님 설법도 듣고 불탑들과 두런두런, 불경도 암송한 내공이 쌓여선지 아주 편안해 보였습니다. 그때 저쯤에서 내 눈에 들어온 또 하나의 자그마한 꽃이 있었는데 '동자꽃'이었습니다. 저는 그리로 천천히 다가섰습니다.

깊은 산 속의 한 암자에 어린 동자승과 노스님이 살고 있었습니다. 노스님은 동자승을 홀로 남겨두고 금방 다녀온다면서 산 아래 마을로 겨울 양식을 구하러 내려갔습니다. 그런데 갑자기 몰아닥친 눈보라를 만나 노스님은 바로 돌아오지 못하고 다음날 눈보라가 그치고서야 급히 암자로 돌아왔습니다. 그런데 불행하게도 암자 입구에서 노스님을 기다리다 지친 동자승은 스님이 내려간 길만 바라보다가 앉은 채로 이미 싸늘하게 얼어 죽어 있었습니다.

노스님은 암자 주변 양지바른 곳에 동자승을 고이 묻었는데 이

듬해 봄 마치 동자승 얼굴처럼 둥글고 볼처럼 발그레한 꽃 한 송이가 피어났습니다. 사람들은 이를 보고 동자승의 넋이 꽃으로 환생한 것이라며 이 꽃을 '동자꽃' 이라 불렀다고 합니다.

저는 그 겨울, 동자스님이 노스님을 기다리면서 얼마나 추웠을까를 상상하면서 그 앞에 무릎을 꿇고 앉아 동자꽃을 조용한 마음으로 어루만졌습니다.

중생을 구원하는 모습의 꽃, 불두화는 암술과 수술이 모두 퇴화하여 암술과 수술이 없는 대표적인 중성화인데 꿀과 향기가 없으니 벌과 나비가 찾지 않는 외로운 나무이지요. 그 외로운 나무, 그리고 동자꽃의 기다림은 아직도 진행되고 있을런지요?

그 산사에서 불두화와 동자꽃을 보면서 그 날 저는 마음의 출가를 하고 말았습니다. 그것은 이유 없는 것이었고 오로지 그것에 대한 명상이었습니다.

"제행무상諸行無常."

우주 만물은 항상 돌고 변해서 한 모양으로 머물지 않는다는 뜻은 세상에 변하지 않는 존재는 없다고 해야 하는 것인가요? 비록 나비와 벌이 날아들지 않는 외로운 꽃이지만 언제나 불당의 부처님을 보면서 영생을 구하는 꽃.

기다림, 동자꽃의 꽃말은 하루 저녁의 노스님을 기다리는 짧은 기다림이 아니라 영원한 기다림인 것을 알았을 때, 나는 이렇게 말할 수밖에 없었습니다.

"동자스님, 저의 출가를 받아주세요."

마음의 출가는 어쩜 머리를 밀지 못하는 사람들의 염원이자 꿈이 아닐까요? 적어도 마음속에 담긴 표주박에라도 담아두고 싶은 바람이 아닐까요? 목탁소리에 깨우쳐지는 깨우침을 찾기 위한 기원 아닐까요?

남미의 평원에는 항상 같은 방향으로만 자라나는 꽃이 있습니다. 사람들은 여행하면서 길을 잃으면 이 꽃을 보고 방향을 잡지요. 거대한 폭풍이 일어도 이 꽃이 다른 방향으로 고개를 돌리는 일은 없습니다. 우리의 마음속에 이와 같은 꽃을 심는 것이 필요합니다. 자신의 방향을 정하였으면 어떠한 역경에도 불구하고 그 한 방향으로만 자신의 길을 정하는 의지, 길이 없다고 주저앉는 것이 아니라 자신의 길을 정해 그 길로 향하는 의지가 필요합니다.

저 나무에서 불두화가, 저 양지바른 곳에서 동자꽃이 제행무상을 설파하는 스님의 설법 따라 내 삶의 방향을 일러주고 있습니다. 오직 그 길로의 향함을 말이지요.

현재는 바로 과거에 내가 선택한 결과입니다

내가 할 수 있을 정도의 것으로 변화시키는 것이 새로운 변화인 것입니다. 그 이상도 그 이하도 기대하지 마십시오. 어떤 물줄기도 수원水源보다 높이 올라갈 수 없습니다.

현재의 시간은 지나가자마자 꿈이 됩니다. 그래서 과거와 미래에 의지하려는 생각은 어리석은 일이 아닐 수 없습니다. 과거는 이미 가버린 것으로서 소모되어 버렸으며 미래는 그저 희망을 기대하는 그림자에 불과합니다. 미확정지대를 그리는 셈인 것이죠. 인간의 힘으로 과거를 되돌릴 수는 없으며 미래를 먼저 경험하여 현재를 설계한다는 것도 불가능합니다.

현재는 바로 과거에 자신이 선택한 결과대로 나타납니다. 그렇다면 미래 역시 현재 내가 선택한 결과대로 나타나는데 인간이 해온 여러 가지 일 중에서 가장 어리석었던 일은 과거의 일이든 미래의 일이든 변화할 수 없는 것을 변화시키려 했던 점입니다. 이 헛된 노력에 많은 시간을 허비하면서 얼마나 많은 허무를 경험하였던가요?

변화할 수 있는 것이 천 가지가 넘는데도 몇 가지 안 되는 그 변화할 수 없는 것에 대한 헛된 몸부림. 가장 기초적인 변화는 지금 당신이 가장 쉽게 할 수 있는 일을 하는 것입니다. 나태하다면 부지런하면 됩니다. 절망에 빠져 있으면 희망의 나라로 이사 가면 되고 불행하다고 느끼면 행복을 찾아 떠나면 됩니다. 이 어렵지 않은 일들을 찾지 못하고 절망에 빠져 허우적대는 삶, 당장 부활을 꿈꾸고 그 길을 향해 가십시오.

'인생은 우리가 채 알기도 전에 이미 반이 지나가고 없다' 는 말이 있습니다. 지금 잃어버리는 시간은 다시는 찾을 수 없습니다. 새로운 변화를 찾기 위해서라도 시간을 그대로 흘려보내서는 안 됩니다. 늘 새로운 세상과 대면해야 합니다. 그러기 위해서는 변화된 삶과 새로운 삶을 찾아 떠나야 합니다.

바닷가에 가 본 사람이라면 파도치는 모래사장이나 바위에 붙어 흐느적거리고 줄기를 뻗치고 있는 식물들을 본 적이 있을 것입니다. 이들의 삶은 너무 단조롭지 않던가요? 언제고 그 자리에 뿌리를 내리고 물이 차면 줄기를 뻗칩니다. 그러다가 다시 물이 빠지면 줄기를 눕혀 생명을 연장시킵니다. 이런 식물과 인간을 대비시킨다면, 목숨을 잇기 위해 먹고 자는 일 외에는 아무 것도 할 수 없는 그런 생활을 견디는 것과 무엇이 다른가요?

그래서 당신에게 묻고 싶습니다. 당신은 지금 바닷가에서 흐느적거리기만 하는 식물보다 나은 삶을 살고 있다고 자신 있게 말할 수 있습니까? 혹시 당신은 변화무쌍한 일들이 수없이 벌어지는 스스로의 삶을, 단지 물이 들어왔다가 빠질 뿐인 바닷가로 착각하면서 살고 있지는 않은가요?

능동태와 수동태의 삶이 비교됩니다. 의미가 있습니다.

현재가 현재를 낳았습니다. 그것을 달리 표현하면 과거에 어떤 생각과 어떤 목표를 가졌느냐에 따라 현재 어떤 모습으로 변했는가를 알 수 있다는 점입니다. 그것은 바로 미래와 연결되어 또다시 현재를 만든다는 이야기가 됩니다.

내가 할 수 있을 정도의 것으로 변화시키는 것이 새로운 변화인 것입니다. 그 이상도 그 이하도 기대하지 마십시오. 어떤 물줄기도 수원水源보다 높이 올라갈 수 없습니다. 호수의 크기보다 더 담길 물은 없습니다. 강폭 가득히 물을 채워 바다로 흘려보내는 강일수록 그 흐름은 깊고 조용합니다.

흙 한줌 떠내려 온다고 물이 자신의 맑음을 잃지는 않습니다.

내 운명의 주인은 나일 수밖에 없습니다

많은 지식을 가지고 있다고 해서 슬픔을 이기는 것은 아닙니다. 오직 자기 자신을 다스릴 줄 아는 용기와 지혜만이 슬픔을 다스릴 수 있습니다.

사람은 저마다 각자의 운명이란 것이 있습니다. 그 운명은 행복할 수도 있고 불행할 수도 있고 즐거울 수도 있으며 슬플 수도 있습니다. 우리의 운명이 행복하고 즐거울 때 그 운명을 받아들이는 입장에선 최고선이 되지만 우리의 운명이 불행하고 슬플 때는 가장 낮은 단계의 삶으로 연결됩니다. 그런데 주위를 살펴보면 전자의 운명을 지닌 사람보다 후자의 운명을 지니고 살아가는 사람이 더 많은 것 같아요. 이는 인간의 마음이 모세혈관의 깊이보다 얕고 여리기 때문입니다.

우리는 지는 해를 바라보면서 소복하게 내려 쌓이는 눈을 바라보면서 슬픔을 느낄 수 있습니다. 때로는 아픈 과거에 대해 기억상실증에 걸렸다가 어느 순간 깨어나기도 합니다. 그 흐름은 운명이란 커다란 호수에 모두 담기게 되고 우리는 그것을 운명 그 자체로 받아들이면서 수용하게 됩니다. 목울대를 잠잠하게 넘어온 웃음이 울음과 묘한 경계를 이룰 때가 있습니다. 웃음과 같은 울음.

살아가면서 가장 중요한 것은 이러한 일들을 어떻게 극복하는가이며 어떤 마음가짐에서 그것을 받아들이고 인내하는 가이죠. 내 운명의 주인은 나로써만 존재하는 것인데 이런 것들을 쉽게 털어버리지 못하는 한계를 언제까지 느끼고 있어야 하는가 하는 문제를 의식하지 않을 수 없습니다. 운명은 타고난 것이란 인식의 두께를 잘게 잘라내 내 운명을 내 스스로 만들어 가고 창조해 가는 여정은 결코 쉬운 일은 아니지만 그것이 극복되지 않을 것은 아니란 생각입니다.

많은 지식을 가지고 있다고 해서 슬픔을 이기는 것은 아닙니다. 오직 자기 자신을 다스릴 줄 아는 용기와 지혜만이 슬픔을 다스릴 수 있습니다. 이해력으로 분석하면서 슬픔을 이기려 한다는 것은 슬픔이 지닌 속성을 모르고서 접근하는 말이지요. 슬픔은 그 자체로 슬픔이지만 용기와 애정 앞에서는 쉽게 녹아내리는 연한 물질의 속성을 지니고 있습니다. 운명을 향한 길에서 만나지는 슬픔의 조각들은 그 일면이나마 가볍게 볼 수는 없어도 따뜻하게 다가서면 슬픔이 지닌 함량과 무게를 아주 낮게 줄일 수 있습니다.

운명이란 무엇인가를 생각하면 나는 속절없는 인간이 되어 버립니다. 왜냐하면 운명은 수동태로 받아들일 수밖에 없는 것이기 때문입니다. 운명의 작용은 내가 통제할 수 없는 그 무엇의 한계가 가로막고 있어 그 담벼락을 넘을 수 없고 운명이 만들어 놓은 너비에서 살아가게 되는 순명殉名을 운명에 바칠 수밖에 없기 때문입니다.

그러나 어쩝니까? 운명 속에서 그 운명을 받아들이며 순명을 거치는 것이 인간의 길이라면 그 안에서 운명을 거역할 순 없겠지요. 받아들여야겠지요. 순응해야겠지요. 그러나 운명 안에서 내가 어떻게 운명을 받아들이고 운명을 향해 나아갈 것인가는 진지하게 생각해야 합니다. 운명은 알 수 없는 미지의 것이 아니라 생각이나 목표와 같이 자신이 생각하는 방향으로 생각하면 그렇게 됩니다. 그러기에 내 운명의 주인은 나일 수밖에 없습니다.

나 혼자 가야 할 길입니다

"잊지 마라. 나의 길을 가장 잘 아는 사람은 결국 나 자신이라는 사실을."

내가 가야 할 길이 어느 길인가를 알고 있지만 그 길이 낯설기만 합니다. 한 번도 가보지 않은 길이라 두렵기만 합니다. 많은 사람들이 지나갔던 길이라 할지라도 나에겐 처음 가보는 길입니다.

"어떤 길을 가야 할지 알 수 없을 때는 보통 많은 사람들이 가고 있는 길을 따라간다. 그 길이 가장 안전한 길이라고 생각하고 무작정 따라가지만 그러나 그 길이 끝나는 곳에 나타나는 마을은 자기가 가고자 했던 마을이 아니다.

길을 떠나기 전에는 그대가 가야 할 목적지가 표시되어 있는 지도를 준비하라. 그리고 그 지도가 가리키는 방향에 따라 그대가 가야 할 길을 가는 것이다. 비록 그대가 가고 있는 길이 홀로 가는 쓸쓸한 길이라도 말이다.

길을 가는 그대 앞에 더 높은 힘의 인도가 있다는 것을 항시 잊지 말라. 그것은 좌석이 두 개인 자전거를 타고 가는 것이나 마찬가지이다. 앞좌석에는 그대를 인도할 더 높은 힘의 존재가 앉아 있고 뒷좌석에 바로 그대가 앉아 있다. 핸들을 잡은 사람은 앞좌석에 앉은 더 높은 힘이다. 그대가 할 일은 뒷좌석에 앉아 힘껏 페달을 밟아 주는 것이다.

잊지 마라. 나의 길을 가장 잘 아는 사람은 결국 나 자신이라는 사실을."

캐럴라인이 말한 말을 다시 한 번 상기합니다.

"잊지 마라. 나의 길을 가장 잘 아는 사람은 결국 나 자신이라는 사실을."

그래요, 이 세상 누구도 나의 길을 나보다 잘 아는 사람은 없습니다. 그래서 가야 할 길과 가지 말아야 할 길을 잘 알고 있습니다. 하지만 그런 나에게도 남의 길처럼 한 번도 가지 않은 길을 가야 할 때가 온 것입니다. 잘 포장된 길인지, 자갈밭의 길인지, 길을 가다 쉬어야 할 쉼터가 있는 길인지, 목이 말라 마셔야 할 샘터가 있는 길인지 아무 것도 모릅니다. 그저 가야 할 길로 정해진, 가지 않으면 안 될 길인 것이죠.

그러나 그 길조차 당신의 길입니다. 두려워하지 마세요. 아무리 낯설고 두려워도 그 길이 이제부터 당신이 가야 할 당신의 길입니다.

당신은 당신 자신의 길에서만 살아 있을 수 있습니다. 당신 자신의 길 위에서만 리얼리티를 느낄 수 있습니다. 다른 사람이 당신에게 지운 길에서는 당신의 리얼리티가 사라집니다. 이 세상에서 제일 어려운 일은 당신이 아닌 어떤 다른 사람이 되는 일입니다. 당신이 아닌 어떤 다른 사람에서 벗어나 자신에게로 가야 합니다. 자신에게로 가깝게, 가깝게, 가깝게 돌아가야 합니다. 이 세상에서 가장 쉬운 일은 당신 자신이 되는 것입니다. 다른 사람들이 당신에게 강요하는 길 위로 넘어가지 않는 저항력이 있어야 합니다.

당신이 누구인가, 당신은 무엇인가만을 생각하세요. 그리고 그대로 당신으로 살아가세요.

힘들고 어려운 길일지라고 당신이 목적지로 정한 길이라면 그 길을 향해 가세요. 만해 한용운이 말했지요.

"그 길을 가다가 힘들다고 돌아서버렸을 때 또 다른 길에서 힘든 길을 만난다면 그 때는 어디로 갈 것인가?"

인디언 기도문

기도는 바람입니다. 바라는 것 모두를 우리는 거기에 묻어두지요. 그리곤 거기서 잉태하는 씨앗으로 바람을 채우게 됩니다.

바람 속에 당신의 목소리가 있고
당신의 숨결이 세상 만물에게 생명을 줍니다.
나는 당신의 많은 자식들 가운데 작고 힘없는 아이입니다.
내게 당신의 힘과 지혜를 주소서.
나로 하여금 아름다움 안에서 걷게 하시고
내 두 눈이 오래도록 석양을 바라볼 수 있게 하소서.
당신이 만든 물건들을 내 손이 존중하게 하시고
당신의 목소리를 들을 수 있도록 내 귀를 예민하게 하소서.
당신이 내 부족사람들에게 가르쳐준 것들을 나또한 알게 하시고
당신이 모든 나뭇잎, 모든 돌 틈에 감춰둔 교훈들을 나 또한 배우게 하소서.
내 형제들보다 더 위대해지기 위해서가 아니라
가장 큰 적인 내 자신과 싸울 수 있도록 내게 힘을 주소서.

나로 하여금 깨끗한 손, 똑바른 눈으로 언제라도 당신에게
갈 수 있도록 준비시켜 주소서.
그래서 저 노을이 지듯이 내 목숨이 사라질 때
내 혼이 부끄럼 없이 당신에게 갈 수 있게 하소서.

사람들의 기도는 다양합니다. 저마다 삶의 방식에 따라 당면한 처지에 따라 기도는 여러 갈래가 되지요.

나의 기도가 무엇인가. 그 내용이 어떤 것인가를 지금 이 시간 더듬어 생각해 보십시오. 기도는 숨잡이입니다. 기도에는 고르지 못한 호흡을 진정시키며 들떠 있는 마음을 차분하게 가라앉히는 진정성이 있지요. 기도는 내가 어떻게 살려고 하는 방향을 생각하게 하며 경건하게 살게 하려는 다짐이 있습니다. 그래서 삶의 기도가 필요한 것이지요.

기도는 바람입니다. 바라는 것 모두를 우리는 거기에 묻어두지요. 그리곤 거기서 잉태하는 씨앗으로 바람을 채우게 됩니다. 간절한 애원이자 소망을 기도합니다. 그렇게 될 수 있음에 대한 바람이며 욕심이나 탐욕을 거르는 여과지이기도 합니다. 기도 속에는 세상에 존재하는 진실 모두가 존재합니다. 다만 기도의 내용으로써 어떤 진실을 기도하는가 하는 점만 다르지요. 아니 기도 자체는 세상의 진실 모두를 끄집어내어 한꺼번에 소망할 수 있습니다.

기도의 모습은 머리 숙임입니다. 두 손을 모으고 차분하게 기도하는 마음에는 우리들이 바라는 성립이 있습니다. 기도의 경건함은 모든 것을 포용합니다.

저녁놀이 반짝이는 잔잔한 물결 위로 산타마리아의 종소리가 배음처럼 깔립니다. 저녁기도를 알리는 종소리입니다. 고기잡이에서 돌아오던 뱃사람도 먼 여행길에서 돌아오는 사람도 병든 사람도 그 종소리에 모두다 가슴 앞에 손을 모아 기도합니다. 이러한 정경을 상상하는 것은 참으로 행복한 일입니다.

나로 하여금 깨끗한 손, 똑바른 눈으로 언제라도 당신에게
갈 수 있도록 준비시켜 주소서.
그래서 저 노을이 지듯이 내 목숨이 사라질 때
내 혼이 부끄럼 없이 당신에게 갈 수 있게 하소서.

우리 모두의 바람이며 기도입니다.

그 사람의 건강한 생명을 기대합니다

우리의 생명은 태어나고 싶어 태어난 것이 아니었습니다. 필연의 일도 아니었으며 그래야만 하는 당위성도 없었습니다.

지난 역사 속에서 나와 같은 사람은 없었습니다. 아무리 많은 사람이 새롭게 태어나도 나와 같은 사람은 없고 또 태어나지도 않습니다. 나와 다른 사람이 생물학적 구조를 가질 확률은 무려 500억 분의 일이나 됩니다. 이 세상 그 누구도 신체 지문이 같지 않고 생김새도 다릅니다.

우리의 생명은 태어나고 싶어 태어난 것이 아니었습니다. 필연의 일도 아니었으며 그래야만 하는 당위성도 없었습니다. 그저 산달이 차서 엄마의 뱃속에서는 더 이상 생명을 유지할 수 없어 나왔을 뿐입니다. 그리곤 성장해 왔습니다. 그렇더라도 그것을 합리적 생명체라고 한다면 우리는 씨앗이 발아하듯, 적절한 공기와 햇빛을 받아 성장의 나무로 자라듯 그렇게 곧게 자라야 할 과정으로 전환해야 합니다.

정신이 온전치 못하여 광란하듯 하는 사람들의 힘을 우리는 힘으로 인정하지 않으며 올바른 사람으로 인정하지도 않습니다. 또한 생명을 지닌 사람이라고 생각하지도 않으며 단지 그 사람 속에 존재하는 생명의 가능성만을 인정할 뿐입니다.

반면에 건강이 약하여 별다른 힘을 쓰지 못하면서 겨우 몸의 움직임만 가능한 사람도 그 사람의 의식이 반듯하고 사람으로서의 이성을 갖추고 있다면 우리는 그 사람을 생명을 지닌 사람으로 인정합니다. 그리곤 뒤에 그 사람의 건강한 생명을 기대합니다.

우리가 살고 있는 이 어두운 세계에서는 설령 남에게서 빌려온 빛일지라도 태양이나 다른 별들 주위의 궤도를 따라 공전하며, 스스로 에너지를 생성하지 못하고 태양빛을 반사하여 빛나는 별 혹성이 있다는 것은 아주 고마운 일이 아닐 수 없습니다.

우리의 탄생도 그러합니다. 나의 탄생이 나 스스로의 의지로 태어난 것이 아닐지라도 빛나는 생명을 얻을 수 있었던 것은 고마운 일이고 축복받을 수 있는 일인 것만은 분명하지요. 그 생각으로부터 우리는 생명의 존엄성을 깨달아야 하고 인간의 본질에 다가서야 하며 이성의 존재라는 것을 자각해야 합니다.

그럼에도 인생을 동물적 생존일 뿐이라고 말하는 사람이 있습니다. 그런 사람의 해석을 들으면 우리는 고개를 젓고 동의하지 않습니다. 그것은 우리가 이성의 존재를 믿고 있기 때문이지요. 만일 인간에게 이성을 없애버린다면 그런 주장을 하는 사람의 생각에 동의할 수 있을 것이지만 인간에게 이성이 생략된다면 인간의 동질성 회복은 어려울 것이며 본질도 파악할 수 없을 것이고 그저 동물적 생각과 행동만 존재할 것이기에 그럴 수 없습니다.

인생은 '뜻' 아니겠습니까? 왜? 라는 의문부호에 느낌표로의 전환이고 무엇what이 아니라 이것this이어야 합니다.

내 책임입니다

내 인생의 배를 항해시키는 것은 나 자신이며 그래서 항해하는 모든 과정에서 일어나는 것은 모두 내 책임이지 그 누구의 책임이 아닙니다.

삶에서 일어나는 모든 책임은 그것이 인간관계이든 자신에게 일어나는 어떤 사건이든 모두 자신에게 달려 있습니다. 그러니까 인과응보를 떠올리면 됩니다. 사필귀정일 수도 있겠지요. 세상에 남의 탓은 없습니다. 모두 자기가 하기 나름이며 책임입니다.

밭을 가는 농부가 가래를 망가뜨려 밭을 더 이상 갈 수 없게 되었다면 그것은 오로지 농부의 잘못인 것이지요. 사람의 인생도 제대로 살아가지 못해 인생을 망가뜨렸다면 그것은 전적으로 자신의 책임이지 남의 책임이 아닙니다.

어떠한 잘못 속에도 진실은 남아 있고 아무리 잘한 일에도 잘못한 일이 포함되어 있습니다. 사람이 하는 일이 완전무결하게 이루어질 수는 없습니다.

모든 것은 내 책임이란 생각으로 그것을 인정하고 다시는 그런 일이 벌어지지 않도록 하는 진지한 자세가 필요합니다. 반성의 시간도 필요합니다. 왜냐하면 모든 사람이 같을 수 없기 때문입니다.

인간은 이성의 동물입니다. 이성이 존재하기에 우리는 우리의 행동을 이성으로서 조절할 수 있습니다. 똑같은 물을 담는 그릇임에도 바다는 강을 닮지 않았고 강은 호수와 닮지 않았으며 또한 호수는 양동이와 닮지 않았습니다. 그러나 그 안에 포함된 물의 성질은 다르지 않습니다. 한 가지입니다. 사람도 마찬가지로 서로 닮지는 않았지만 자신을 차지하고 있는 올바른 이성은 한 가지입니다.

어떠한 경우라도 올바른 이성과 동행하면 됩니다. 깊은 강의 물은 돌을 던져도 살짝 파문을 일으킬 뿐 흔들리는 법이 없습니다. 우리들이 기대하는 것은 바로 그런 것입니다.

우주 안에서는 모두가 평등합니다. 아름다운 것을 사랑하지도 완전한 것을 존경하지도 않습니다. 추악한 것을 외면하지 않으며 완전하지 못함을 경멸하지도 않습니다. 그러니 세상을 부정하면 안 됩니다. 세상은 부정될 것이 없습니다. 나 자신을 부정하지 말아요. 나 자신도 부정될 것이 없습니다. 모든 것은 그 자체로 존재하는 것입니다. 세상이 부정되고 자신이 부정되는 것은 오로지 내 마음이 그렇게 정한 것일 뿐이지요.

나에게 지금 부족한 것이 무엇인가?

부족하다는 것은 갈망의 찌꺼기입니다. 풍요하다는 것은 욕망의 짐입니다. 소유하려는 것은 행운을 기대하는 것입니다. 모든 것을 소유함은 분명 행운이 맞아요. 하지만 행운은 행복이 무엇인지 깨달을 수 있는 또 하나의 기회에 불과하지요. 그 기회를 황금으로 알고 주머니에 황급히 담고 가려 하는데 그러나 그 주머니에 담긴 것이 모래주머니였다는 것을 그대는 알까요? 우리들은 저마다 모래주머니를 하나씩 달고 살아갑니다. 아니면 이고 있거나 짊어지고 있거나. 그러나 그 모래주머니가 우리에게 불필요한 주머니라고 깨닫기에는 오랜 시간이 걸립니다.

지금 부족한 것이 무엇인가를 생각하기보다 지금 나를 평온하게 하는 그것이 뭔가를 먼저 생각하세요. 생각이든 행위이든 모든 것은 내 책임입니다. 그것을 인정할 때 나를 품은 절대적 가치는 새로운 세상으로 나를 이끌 것입니다.

우리는 각자 자신의 다리로 걷고 자신의 엉덩이로 앉습니다. 모든 것이 나 자신의 의지에 의해서이지요. 행동이나 이성의 모든 것은 그래서 내 책임으로 남는 것입니다. 책임을 남에게 미루면 그 순간 인간의 존엄성을 잃게 됩니다.

나폴레옹이 '나의 실패와 몰락에 대하여 책망할 사람은 나 자신밖에는 아무도 없다. 내가 나 자신의 최대의 적이며, 비참한 운명의 원인이었다.' 고 말한 것처럼 모든 것은 내가 짊어져야 할 책임입니다.

긴 항해를 떠날 때면 설렘은 누구의 가슴에서나 일어나는 희망입니다. 그러나 잔잔한 바다에 감추어진 빙산을 발견하지 못해 불행을 당하는 수가 있습니다. 인생에서 이와 같은 빙산과의 맞닥뜨림으로 인해 좌절합니다. 이 좌절과 맞닥뜨리지 않아야 배가 순항을 하듯 우리의 인생도 평온할 수 있습니다. 배를 운항하는 선장은 빙산의 존재가 어디에 숨어 있음을 알고 이를 피해 순조로운 항해를 이끌 책임이 있는 것처럼 현명한 사람은 인생에서 좌절을 맛보지 않기 위해 그 좌절을 잘 피해갑니다.

내 인생의 배를 항해시키는 것은 나 자신이며 그래서 항해하는 모든 과정에서 일어나는 것은 모두 내 책임이지 그 누구의 책임이 아닙니다.

내 책임입니다.

강해져야 합니다

우리가 삶에 대해 어떤 것을 기대하는가가 중요한 것이 아니라 삶이 우리에게 무엇을 바라는지를 먼저 생각해야 합니다.

인간은 놀라운 존재이면서 기적적인 존재이기도 합니다.

인간으로 태어났다는 것은 세상에서 지닐 수 있는 가장 큰 영광을 지닌 일이기도 합니다. 그런데 이런 영광을 지니고 태어났으면서도 삶이 영광스럽지 못한 경우가 있어 안타깝습니다. 시간의 머슴으로 살고 태만으로 길들여진 게으름뱅이로 살아갑니다.

우리 인생은 대체적으로 기대를 따라가며 살지요. 대개 기대한 만큼 이루어지고 그 방향으로 흘러가기 때문입니다. 그러기 때문에 비전을 확장하려면 기대를 높이는 것이 좋겠죠. 삶의 변화는 바로 생각의 변화에서 시작되기 때문입니다.

인간들은 자기의 삶에 적응하는 상당한 요구에 있어서 적당한 사회적 성공으로 만족하고 있습니다. 그런 평이한 삶을 살아가는 사람과 비록 삶이 구차하고 성공적이지 못하더라도 수평선을 향한

가느다란 초점으로나마 끝없이 자기의 목표를 상승시키려는 사람의 사이엔 중요한 차이가 있습니다.

우리가 삶에 대해 어떤 것을 기대하는가가 중요한 것이 아니라 삶이 우리에게 무엇을 바라는지를 먼저 생각해야 합니다. 인간은 자기 혼자의 능력과 용기에 의지해서 살아가야 하는 존재이기 때문에 누구에 의지해 사는 것보다는 자기 자신에 의해 모든 것이 이루어지는 삶이 택해집니다. 무궁무진한 능력을 나타내는 것을 보면 어떤 인간을 보아도 정말 놀라운 존재입니다. 그래서 인간을 만물의 영장이라고 했는지 모릅니다.

위기에 처할 때 인간의 본성이 나타납니다. 강하다고 느낀 사람이 의외로 약한 모습을 보이기도 하고 약하다고 느낀 사람이 의외로 강한 모습을 보이기도 합니다. 그래서 인간은 놀라운 존재라고 말하는 것인지도 모릅니다.

가장 중요한 일은 자신의 삶을 진지하게 열심히 사는 것이며 자신의 참다운 본성을 더 깊이 이해하기 위해 노력하는 것입니다. 그대가 자신의 참다운 본성을 깨달았을 때만 진정 내 존재에 대해서 생각할 수 있는 것입니다.

시드니 스미스는 "내일에 대해서는 아무 것도 모른다. 우리가 할 일은 오늘이 좋은 날이며 오늘이 행복한 날이 되게 하는 것이다."라고 말했습니다.

내일에 대한 오늘은 행복이 창조된 것이며 인간은 늘 이러한 창조를 무한대로 만들어낼 수 있는 능력이 있습니다.

본래 땅 위에는 길이 없었습니다. 걸어가는 사람이 많아져 결국 그 곳에 길이 생긴 것입니다. 이것은 인간 본연의 삶에 있어 진리로 통합니다. 본래 있었다는 것은 자연 그 자체였지 인위적으로 생겨난 것은 애초에 없었습니다. 길뿐만 아니라 건물도 그렇고 환경도 그렇습니다. 그것을 변모시키는 것은 인간들의 행위로 말미암아 생겨난 것들입니다. 그것은 인간의 능력일 수 있고 생존일 수 있고 본능일 수 있는 것이지요. 곤충이 결코 나쁜 마음이 있어서가 아니라 단지 살아야 한다는 본능 때문에 사람의 살을 찌르는 것처럼 말입니다.

인간은 강합니다. 인간의 강한 힘을 밀치고 그 자리를 대신할 동물은 이 지구상에 존재하지 않습니다. 아니 영원히 우주에 어떤 동물이 존재하더라도 인간을 뛰어넘을 동물은 없을 것이며 아름다운 세상, 이 지구의 별처럼 멋지게 발전시키진 못할 것입니다.

무한한 힘을 지닌 인간의 존재, 정말 인간은 놀라운 존재입니다. 존 크로우는 "물살을 거슬러 올라가려면 힘센 물고기가 되어야 한다. 물살에 둥둥 떠가는 것은 죽은 물고기라도 할 수 있는 것이니까."라고 비유하면서 인간이 강해져야 함을 설파했습니다.

강해져야 합니다. 굳은 신념과 의지로 고난을 이겨내야 합니다. 바람 부는 곳에 촛불을 놔두면 촛불은 금방 꺼지거나 흔들려 빛이 고르지 못합니다. 신념은 바로 촛불을 바람으로부터 막는 것입니다. 그런 것입니다. 당신과 나와 그리고 당신을 사랑하는 모든 사람은 강해져야 합니다. 그것은 곧 나 자신을 위한 일이기도 하고 당신을 위한 일이기도 하기 때문입니다.

자기 자신을 속이지 말아요

양심이라는 것은 도덕적인 가치를 판단하여 옳고 그름을 아는 것이고, 선과 악을 깨달아 바르게 행하려는 의식인 것입니다.

'자기 자신을 속이지 마라'

이를 한문으로 하면 불기자심不欺自心이 됩니다. 성철스님이 그의 제자가 평생 삶의 지침이 될 좌우명을 달라고 하자 부처님께 만배의 절을 하고 오라고 했습니다. 그러고 나서 내려준 좌우명이 '속이지 말라不欺' 였다고 합니다.

성철스님이 말한 속이지 말라고 한 뜻은 단순 남을 속이지 말라는 말이었을까요? 아니었을 것입니다. 스님의 높은 뜻은 '자신을 속이지 말라' 는 자심自心에 있을 것이라고 제자는 깨달았다고 합니다.

조선 명종 때 문신이었던 임권의 좌우명은 '독처무자기獨處毋自欺' 였습니다. '홀로 있는 곳에서도 자신을 속이지 마라' 라는 뜻으로서 유교 사서四書의 하나인 '대학' 에서는 이를 '신독愼獨' 이라고 했지요. 역시 '홀로獨 있을 때 삼가야愼 한다' 는 뜻입니다.

조선 선조 때 유학자인 김집은 호가 신독재愼獨齋였습니다. 그의 묘비에는 '혼자 갈 때 그림자에 부끄러울 것이 없고, 혼자 잘 때 이불에도 부끄러울 것이 없다' 는 내용이 들어 있습니다.

우리는 자기 자신을 속이는 일을 철저히 경계해야 합니다. 그것은 양심에 위배되는 일입니다.

양심이라는 것은 도덕적인 가치를 판단하여 옳고 그름을 아는 것이고, 선과 악을 깨달아 바르게 행하려는 의식인 것입니다. 자기를 속이지 않는 마음이나 남을 기만하지 않는 일이나 모두 양심을 거치지 않으면 되지 않는 일이기도 하구요.

자기 자신을 속이는 것만큼 양심에 위배되는 일은 없습니다. 자기를 속이는 것은 모두를 속이는 것입니다. 그럼에도 불구하고 그 양심에 대해 아무런 죄의식 없이 태연하게 살아가는 사람이 의외로 많습니다. 비양심을 양심으로 혼돈하면서 말입니다.

부끄러운 일이지요. 정말 한없이 부끄러운 일입니다.

윤동주의 서시에 보면, '죽는 날까지 하늘 우러러 한 점 부끄러움 없기를, 잎새에 이는 바람에도 나는 괴로워했다' 라는 시구가 나옵니다. 우리가 이 시를 그토록 애송하는 것은 아마도 우리가 죽는 날까지 하늘 우러러 한 점 부끄럼 없이 살 수 없기에 그런 것 아닐까요? 그래서 그 시구에 감동하는 것일 겁니다. 우리가 만일 하늘 우러러 한 점 부끄럼 없이 살 수 있다면 우리는 그저 평범한 글의 한 문장 정도로 치부해 버렸을 것이고 그 시구는 시인의 뇌에서 시의 구절로 창작되지도 않았을 겁니다.

힘든 일이겠지요, 적어도 하늘을 우러러 하는 양심의 맹세가 너무 힘든 언약이 되겠지요. 그렇더라도 우리는 그렇게 살도록 해야 합니다.

'죽는 날까지 하늘 우러러 한 점 부끄러움 없기를, 잎새에 이는 바람에도 나는 괴로워했다'

떠나고자 하는데 노자가 없습니다

우리는 흠모합니다. 인생을 흠모하고 돈과 명예와 권력을 흠모하고 내게 주어진 세월을 흠모합니다. 그러다 차츰 두려움을 갖기 시작합니다.

그렇게 말하지 말아요. 떠나는 사람에게 노자는 필요하지 않습니다. 그 어떤 짐도 명예도 권력도 사랑도 다 내려놓고 빈손으로 떠나게 되는 것입니다. 그 엄연한 사실을 알면서도 우리는 그것을 잊고 살아갑니다.

천박한 집념과 애욕에 사로잡혀서 우리는 갈 길을 몰라 하고 있다면, 애착으로 쥐어진 손을 펼 수 없다면, 잡초와 같은 내 정신세계는 길을 몰라 방황하고 말 것입니다.

사람이 이 세상과 작별하는 날, 그야말로 이 세상 소풍을 마치고 저 하늘로 돌아가는 날, 빈 가방조차 무거워 버려두고 갈 일입니다.

떠나고자 하는데 노자가 없다고 한탄하지 말아요. 떠날 때 우리는 어둠 속에서 은하수 뿌려진 길을 즈려밟고 갑니다. 이 세상과 하직하고 저 세상의 문으로 들어가는 길에서는 그야말로 공수래공수거가 됩니다. 그런데, 우리는 인생을 살아가면서 얼마나 많은 탐욕에 젖어 있었던지 떠나고자 하는데 노자가 없다고 걱정을 하면서 떠남에 대해 미련을 두고 있습니다. 미련에 대한 적절한 변명이라도 되는 듯이 말입니다.

캄보디아 앙코르 와트의 사원 높은 곳에서 나는 수평선樹平線을 바라보고 상념에 사로잡혔습니다. 그 밀림의 끝없는 수평선을 바라보는데 희미하게나마 무엇인가가 보였습니다. 너무 멀어, 아니 아직 멀어 그 모습이 무엇인지 확실하게 알 수는 없었지만 분명 그 무엇인가가 보였습니다. 그때 나는 절로 내 삶의 내막을 들여다보면서 깨닫게 됩니다. 내 생의 많은 세월이 지났었던 것이지요. 내 오래된 흑백사진과 비교합니다.

나는 무엇을 위해 살아왔으며 앞으로 나는 무엇을 위해 살아갈 것이며 종내 무엇을 이루고서 이 세상을 떠나게 될 것인가? 수평선에서 무언가가 희미하게 나타나 실루엣으로 보인 그것이 가까이 다가와 확실하게 모습을 드러내는 날, 나는 그 희미한 정체가 무엇인가를 눈감는 그 순간 알게 될 것이고 정녕 그 희미했던 존재가 나의 손을 이끌고 저 천 년의 앙코르 와트 사원의 밀림 속으로 들어가게 되는 날, 비록 노자가 없어도 되지만 내가 이 세상에 남긴 분비물들은 거두어 가야 한다는 것을 알게 되었습니다.

우리는 흠모합니다. 인생을 흠모하고 돈과 명예와 권력을 흠모하고 내게 주어진 세월을 흠모합니다. 그러다 차츰 두려움을 갖기 시작합니다. 인생을 마감하게 되는 시간과 나를 지탱해 주었던 돈과 명예와 권력을 모두 내려놓고 모두 버려두고 홀연히 세상을 떠나야 한다니? 몸을 부르르 떨지요. 사시나무보다 더 떨어댑니다. 그리고 그 어떤 고문보다 더 지독하고 악랄한 고통으로 비명을 지릅니다. 버려두고 갈 것이 너무 많아 손을 휘저으며 내 가슴에 모두 끌어안으려 합니다.

그런 그를 보며 나는 그에게 다가가 '세상의 노영 안에서 꿈꾸고 움켜쥐려 했던, 소유욕에 불타 수없는 집체를 거머쥐었던 그 모든 것들을 다 내려놓고 홀연히 떠나라' 고 말합니다. 그런데 그가 내게 울면서 말합니다, 아직도.

"떠나고자 하는데 노자가 없습니다."

체념의 벌판에 홀로 서지 마세요

세상에 나에게 일어나는 모든 일은 전적으로 나로부터 일어난다는 것을 인식하고 체념의 벌판에 홀로 서지 마세요. 모든 것은 결국 나의 선택입니다.

그리스의 철학자 소크라테스는 "나는 욕심을 가지지 않았기에 행복할 수 있었다."고 했습니다. 그리고 『회남자淮南子』에서도 "세상의 곡식을 다 주고 강물을 다 준다 해도 나의 배를 채우는 것은 한 줌의 곡식이고 한 사발의 물"이라고 했습니다.

이는 욕망, 헛된 욕망을 비유한 것인데 우리에게 필요한 것은 먹고 살 만큼의 재물이 있고 내 몸 하나 뉘일 만한 작은 집 하나만 있으면 됩니다. 더 이상 바라지 않고 살아가는 삶이 행복하다고 깨닫는 것이야말로 진정한 삶을 누리는 것이고 행복한 삶이 됩니다.

사람은 누구나 완전한 행복을 누리고자 합니다. 완전한 행복은 우리가 마땅히 누려야 할 몫임에도 불구하고 행복과 거리가 먼 삶을 살아가는 사람이 너무 많습니다. 그들의 내면을 가만히 들여다보면 그들에게는 공통점이 있습니다. 바로 자기의 마음을 바로 잡지 못하고 자기만이 부족하고 슬프고 불행하다는 생각에 침몰되어 있다는 것입니다. 누가 그러한 짊을 짊어지게 한 것이 아님에도 스스로 그런 짊을 짊어지고 살아가고 있는 것이지요.

그 괴로움을 씻어 줄 수 있는 것 역시 자신 스스로입니다. 자신이 짊어진 짐은 자신이 내려놓아야 합니다. 고뇌의 한바탕을 겪고 났으면 이제 그들은 마음의 고향을 찾아가야 합니다. 자신의 안식과 행복의 여정을 위해 그들이 걸어가야 할 길은 고향의 길입니다. 거기서 따뜻한 사랑을 느끼고 행복을 찾아야 합니다. 그렇게 할 수 있도록 노력한다면 능히 그렇게 될 수 있습니다. 너무 단순한 일이고 쉽게 이루어질 수 있는 일입니다.

행복과 슬픔, 공포와 불안 등은 자신의 것이며 이것들에 집착할 수 있는 것도 자신이며 버릴 수 있는 것도 자신입니다. 스스로의 의지에 따라 변화시킬 수 있습니다. 당신의 선택이 그대의 상태를 결정합니다.

모든 인간에게는 공통점이 있지요. 그것은 모두가 다르다는 것입니다. 또 다른 공통점이 있지요. 그것은 모두가 선택으로 인한 기대감을 갖는다는 것입니다. 그리고 책임을 지는 것입니다. 이상과 꿈이 달라도 이것은 변해질 수 없는 뜻입니다. 사회 이론이기도 하구요.

세상에 나에게 일어나는 모든 일은 전적으로 나로부터 일어난다는 것을 인식하고 체념의 벌판에 홀로 서지 마세요. 모든 것은 결국 나의 선택입니다. 그 선택에 책임을 지어야 하는 것은 당연한 것이구요.

우리들은 언제나 선택권이 주어진 권리를 갖게 됩니다. 그 많은 선택을 강요당하기도 합니다. 어찌 되었든 선택은 나에게 내려진 고유한 사명입니다. 선택 뒤에 쫓아오는 책임과 윤리의식에 질식될 것만 같은 순간을 맞이하기도 하지요.

희망을 갖는 것도 나의 선택이고 체념을 하는 것도 나의 선택이라면, 체념을 선택하는 것보다 희망을 선택하는 것이 좋다는 것쯤은 누구나 내릴 수 있는 결론이 되겠지요. 그 많은 선택 가운데 이렇게 간단하게 정의로운 선택이 내려질 수 있는 것을 따라 내 감정은 따라가고 그 감정이 주재하는 대로 살아가는 것이 얼마나 중요한 것인가를 깨달읍시다.

빛과 어둠을 나누는 것만큼이나 간단하고도 이 쉬운 명제를 그러나 많은 사람들은 체념의 벌판에 홀로 나가 지는 석양의 노을을 바라보고 있습니다. 돌아서서 보면 저기가 해가 뜬 동쪽이란 것을 잊고서 말입니다.

체념은 어둠의 질곡입니다. 전제되지 않은 행복을 찾아가는 길과 다르지 않아요. 좀 더 돌려보면 거기엔 내가 설 자리와 살아가야 할 조건들이 상당히 많다는 것을 알게 되는데 어떤 힘에 이끌려 그 체념의 벌판에 홀로 서 있는지 모르겠습니다. 철학을 가미해서 말한다면 우수 속의 실존주의자라도 된 것처럼 말입니다.

나는 당신에게 말합니다.

우리가 어떻게 살아가야 하고 어떤 방법으로 살아가야 하는가는 전적으로 당신 자신의 선택에서만 정의로워진다는 것을, 그래서 지금 이 시간 나는 우려와 헌신을 읽습니다. 그러나 다음 페이지로 넘기는 순간 거기엔 희망과 용기가 충만한 글귀가 있어 그것을 읽게 됩니다. 그리곤 웃게 되지요. 결국 우리의 선택은 이 페이지에 있었다는 것을.

남과 비교되는 생을 살 필요가 있을까요?

명상에 잠기듯 눈을 감고 조용히 자신의 삶을 되돌아보면 우리는 너무나 많은 것을 움켜쥐려 했고 욕망을 위해 어지러운 지도를 그려왔다는 것을 깨달을 수 있습니다.

나다운 삶으로, 나다운 인생을 만들어 가는 것보다 중요한 것은 없습니다. 굳이 남을 의식하면서 남과 견주는 생을 살 필요가 있을까요? 이런 삶에는 철학도 없고 심리도 없고 내부에 쌓여져 가는 삶의 인식도 없습니다. 도대체 누가 대단한 사람이고 누가 하찮은 사람이란 말인가요?

모든 사람은 태어날 때와 죽을 때 근본적으로 같은 존재가 될 수밖에 없습니다. 그런데 살면서 우리는 왜 그렇게 구분 지으려는 태도를 버리지 못하는가요? 속된 이분법으로 남의 삶을 재단하고 나의 삶을 비교하는 것은 전혀 찬양할 만한 일이 못됩니다.

나다운 삶으로 나다운 인생을 만들어가는 것보다 중요한 것은 없습니다.

당신의 삶이 허투루 진행되고 있다 생각된다면 괜한 분노가 치밀고 짜증이 나지요? 이렇게 사는 것은 내가 원하고 바라는 인생이 아니라고 생각되면 이 역시도 분노가 치밀어요. 나 역시도 그럴 것 같습니다. 남과 비교하면서 자신의 결점을 드러내 부정적인 평가를 내리면서 자연 위축될 수밖에 없는 심리가 작용하면 마구 소리치며 내 몸을 광란의 도가니에 처박고 몸부림치며 울부짖고 싶을 것 같습니다.

분노는 우리의 일부이다. 실제로 화가 났을 때 화가 나지 않은 척해서는 안 된다. 우리가 배워야 할 것은 분노를 돌보는 방법이다. 우리의 분노를 돌보는 좋은 방법은 멈추고 호흡 명상으로 돌아가는 것이다.

그대의 분노를 그대의 어린 아기라고 생각해 보라. 그러면 아기가 어떤 행동을 하든, 그 아기를 다정하고 사랑스럽게 대해야 한다. 어머니가 우는 아기를 달래는 것과 똑같이 그대의 분노도 이렇게 다루어야 한다. 애정과 사랑으로. – 틱낫한

겨울에는 사람들을 깨우는 어떤 종소리보다 일찍 일어나고 여름에는 제일 먼저 일어나는 새와 함께 일어나 명상에 잠기고 좋은 책을 읽으십시오. 분노를 잠재우는 일입니다.

명상에 잠기듯 눈을 감고 조용히 자신의 삶을 되돌아보면 우리는 너무나 많은 것을 움켜쥐려 했고 욕망을 위해 어지러운 지도를 그려왔다는 것을 깨달을 수 있습니다. 도저히 움켜쥘 수 없는 것들조차 목록에 넣고 허우적거리면서 애를 태웠다는 것을 알 수 있습

니다. 그러다 허망함에 다른 목록을 찾아 기웃거리고 계속 목록을 추가하며 방황하고 살았다는 것도요. 이내 가슴에 먼지처럼 켜켜이 쌓여진 절망도 맛보았지요.

절망은 병입니다. 그 어떠한 물리적인 병보다 훨씬 무서운 병입니다. 이러한 병은 자기의 어떤 환경에서 불가피하게 걸리는 것일 수도 있지만 중요한 문제는 그 병에 걸린 것이 아니라 얼른 그 병을 치유하고 거기에서 빠져나오는 일입니다. 어지러운 서랍을 정리하듯 버릴 것은 버리고 취할 것은 취하면서 간결하게 사는 삶의 태도로 전환하는 것이 필요합니다.

헤르만 헤세의 '내 사랑 그대여'에 다음과 같은 말이 있습니다.

"내가 나의 삶으로부터 멀리 떨어져서 바라보면, 그것은 특별히 행복해 보이지 않는다. 그렇지만 그 모든 착오에도 불구하고 그 삶을 아직은 덜 불행한 삶이라고 부를 수 있다. 결국 행복과 불행에 대한 질문을 한다는 것은 또한 아주 어리석은 짓이다. 왜냐하면, 내 생애에서 즐거웠던 수많은 날들보다 몹시 불행했던 날들을 버리고 싶지 않기 때문이다. 외적인 운명과 함께 내적이고 원래적이고 필연적인 운명을 극복해냄에 의해서 인생이 좌우된다면 나의 삶은 불행하지도 나쁘지도 않다."

우리는 인생을 살면서 무수한 사람과 만나게 됩니다. 그래서 새로운 인연을 맺기도 하고 사랑하기도 합니다. 도움을 청하기도 하고 도움을 받기도 합니다. 그런데 나 자신과는 얼마나 자주 만나고 있는 것일까요?

인생이란

그림자는 어둠과 빛의 자연스러운 대조 때문에 어둡습니다. 삶의 모든 혼란을 다 걷어낸다 해도 여전히 나라는 존재는 사라지지 않으며 거기에 그대로 있습니다.

짐 스토벌의 『최고의 상속받기』에 보면 다음과 같은 구절이 나옵니다.

"인생이란 모래시계의 모래처럼 끊임없이 빠져나가는 것이다. 그러다 언젠가는 마지막 모래알이 떨어지는 것처럼 내 인생의 마지막 날이 오겠지. 나는 항상 그 마지막 날이 오면 어떻게 살아야 할까, 살아야 할 날이 딱 하루밖에 남지 않았다면 무엇을 할까. 그 생각으로 살았다. 그러다가 하루하루를 마지막 날처럼 의미 있게 사는 게 인생을 잘 사는 것이란 걸 깨달았다. 인생이란 하루하루가 모여서 된 것이니까."

밀면 밀리지 않으려는 힘이 작용하고 당기면 끌려가지 않으려는 힘이 작용하는데 이것은 물리학뿐만 아니라 사물의 원리이기도 합니다. 삶도 대개 그러합니다. 인생 역시 밀리면 밀리는 대로 당기면 당기는 대로 움직이는 것이 아니라 하나의 축이 있어 일방적 힘에 의해 지배되지 않습니다.

인생을 살다 보면 고통을 겪을 만한 질곡은 많아요. 가중되는 혼란을 몰고 오기도 하지요. 죽음에 관한 두려움, 삶에 대한 집착, 사물에 대한 욕심과 나에 대한 정체성 등. 그러나 고통이 만들어지는 것을 보면 실체가 없으며 그저 환상에서 생겨난 것이지요. 이를 생각하면 고통이 만들어지는 것은 내 마음에서 일어난 것들입니다. 그럼에도 우리는 그것을 잘 다스리지 못하여 스스로의 고통에 얽매여 살아갑니다.

오늘 당신과 나를, 이 세상을 창조하고 있는 성인聖人이라고 생각합시다. 이 세상의 구성원인 당신과 내가 성인이라고 선포하고 있는 것이 이상할 리 없지요. 그렇게 살아가려는 다짐이 그 증거입니다. 만일 그렇게 생각하고 살 수만 있다면 우리는 우리를 고통스럽게 하는 것에 대해 홀가분해질 수 있습니다.

그림자는 어둠과 빛의 자연스러운 대조 때문에 어둡습니다. 삶의 모든 혼란을 다 걷어낸다 해도 여전히 나라는 존재는 사라지지 않으며 거기에 그대로 있습니다. 우리가 죽음에 관한 두려움, 삶에 대한 집착, 사물에 대한 욕심과 나에 대한 정체성 등 그 모든 것에서 해방되는 것이나 삶의 모든 혼란을 다 걷어내는 것이나 결국은 모든 것이 그대로인 것을, 존재가 거기에 존재하는 것임을 알아야 합니다.

"나는 매일 삶의 융단을 짜고 있다. 어떤 색깔의 융단인지 중요하지 않다. 어떤 디자인으로 어떤 무늬를 넣고 있는지도 중요하지 않다. 나는 다만 내 삶의 융단을 내 스스로 짜고 있다는 것이 나 자신의 존재를 의식하게 한다."

인생은 마치 바다의 파도가 크게 일어났다가 사라져 잔잔한 바다의 표면을 장식하듯 그러합니다. 폭풍우처럼 일어났던 고난의 파고도 이내 사라져 바다의 잔잔한 표면처럼 당신의 가슴도 그렇게 잔잔하게 된다는 것을 기억하십시오. 결국 그 자리에 그렇게 돌아온다는 것을 잊지마십시오.

나는 지금 어디에 있는가? 내가 선택한 길에 얼마나 깊숙하게 들어와 있는가? 인생이란 가다 쉬다를 반복하면서 이 확인을 필요로 하고 그것을 점검하게 되며 그 길을 찾아가면 됩니다. 우리 인생엔 완전한 도착지가 없습니다.

우리는 알지요. 각자에게는 각자의 길이 있다는 것을.

문득 어느 인디언이 한 말이 떠오릅니다.

"오랫동안 물을 마시지 못한 전사가 입술이 하얗게 되고 걸음을 제대로 걷지 못하듯이, 홀로 자기 자신과 만나는 시간을 오랫동안 갖지 못한 사람은 그 영혼이 중심을 잃고 비틀거립니다. 그래서 우리 인디언은 아이들을 키울 때 자주 평원이나 삼림 속에 나가 홀로 있는 시간을 갖도록 합니다. 한두 시간이나 하루 이틀이 아니라 적어도 열흘씩 인디언들은 최소한의 먹을 것을 가지고 사람들과 멀리 떨어진 장소로 가서 자신의 목소리에 귀를 기울입니다.

얼굴 흰 사람들은 그것을 쓸데없는 시간 낭비라고 할지도 모르지만 그것은 한 인간이 이 대지 위에서 살아가는 데 반드시 필요한 자기 확인 과정인 것입니다. 또한 그 과정에서 인간은 신 앞에 겸허

해집니다. 자연만큼 우리에게 겸허함을 가르치는 것은 없습니다. 자연만큼 순수의 빛을 심어주는 것도 없습니다. 자연과 멀어진 사람들은 문명화되는 속도만큼 순수의 빛을 잃어버렸습니다.

목이 마를 때 물을 찾듯이 우리 인디언들은 영혼의 갈증을 느낄 때면 평원이나 들판으로 걸어 나갑니다. 그곳에서 혼자만의 시간을 갖지요. 그리고는 홀연히 깨닫습니다. 혼자만의 시간이란 없다는 것을.

대지는 보이지 않는 혼들로 가득 차 있고, 부지런히 움직이는 곤충들과 명랑한 햇빛이 내는 소리들로 가득 차 있기에, 그 속에서 누구라도 혼자가 아닙니다. 자신이 아무리 혼자뿐이라고 주장을 해도 혼자인 사람은 아무도 없습니다.

평원의 한 오솔길에서 귀를 기울입니다. 부산한 소리들 너머에서 평소에는 듣지 못하던 어떤 소리가 들립니다. 우리는 그것을 강의 소리라고도 하고 신성한 산의 소리라고도 합니다. 그 소리는 곧 자기 자신의 소리이며, 위대한 정령의 목소리입니다.

물론 우리 인디언들 사이에도 얼굴 흰 사람들처럼 자기가 그 신성한 산으로 가는 지름길을 알고 있다고 주장하는 사람이 있긴 합니다. 그러나 우리는 알고 있습니다. 누구나 두려움을 헤치고 자기 희생을 통해서 그 산에 이르러야 한다는 것을. 각자에게는 각자의 길이 있는 것이란 것을."

그래요, 우리는 압니다. 각자에게는 각자의 길이 있다는 것을.

왜 유독 나만이 하는 느낌에서 배회하지 마십시오

누구나 핸디캡을 가지고 있지만 그것을 극복하는 일은 의외로 간단합니다. 남들보다 자신의 일에 진지하고 열정을 가지고 있으면 됩니다.

누구나 비슷한 삶을 살아가고 있으며 왜 나만이 유독, 하는 그런 일들은 애초부터 없습니다.

로버트 루이스 스티븐슨은 허약한 체질 탓으로 거의 일생을 사실상 병자로 지냈지만 그는 인생에 있어서나 일에 있어서나 병마에 굴복하는 것을 용납하지 않았습니다. 그래서 그가 쓴 작품의 내면에는 밝은 햇볕과 힘, 그리고 건강과 그의 정신에서 내뿜어지는 활력이 넘쳐나게 되었지요. 그가 병마라는 핸디캡에 굴복하지 않았기에 그의 문학세계는 헤아릴 수 없는 거대한 것이 될 수 있었습니다.

여러 핸디캡에도 불구하고 자기 자신을 위대한 인물로 창조한 사람들은 많이 있습니다. 바이런 경은 한쪽 발이 기형이었습니다. 줄리어스 시저는 간질병이 있었으며 나폴레옹은 키가 작았고 베토벤은 귀머거리였으며 밀턴은 장님이었으면서도 뛰어난 시를 썼고,

차이코프스키는 불행한 결혼생활을 겪었기에 불멸의 〈비창〉을 작곡할 수 있었습니다. 루즈벨트 대통령은 소아마비였으며 모차르트는 폐병환자였고 헬렌 켈러는 어려서부터 장님이고 귀머거리였습니다. 그러면서도 이들은 누구도 넘보지 못할 위대한 족적을 남겼으며 당당히 세상의 한 획을 그었습니다.

사람은 외형으로 드러난 사람들보다 드러나지 않는 결정적인 핸디캡을 가지고 있는 사람들이 의외로 많습니다. 살펴보면 우리 인간들은 대개 한두 가지 핸디캡을 가지고 삽니다. 완벽한 사람은 없습니다. 문제는 자신이 지닌 핸디캡을 인정하지 않고 그것을 극복하려는 의지마저 잃어버린 사람들이지요. 그들의 인생은 매우 불우합니다. 핸디캡을 지녀서 불우한 것이 아니라 그것을 깨닫지 못하고 있어서 불행한 것입니다.

자신을 거울처럼 들여다보세요. 그리고 냉정하게 어떤 핸디캡을 지녔는가를 자세하게 살펴보세요. 그것을 찾아냈거든 핸디캡을 능가할 의지를 보이는 것입니다. 그러면 핸디캡이 그다지 나의 장애가 될 수 없다는 것을 깨닫게 됩니다.

누구나 핸디캡을 가지고 있지만 그것을 극복하는 일은 의외로 간단합니다. 남들보다 자신의 일에 진지하고 열정을 가지고 있으면 됩니다. 그리고 열심히 노력하여 완성해내면 설령 외형의 핸디캡이나 정신적인 장애의 핸디캡, 병마에 시달리고 있더라도 그것들을 덮어버릴 수 있는 힘이 생겨 남들 앞에 당당하게 자신을 나타낼 수 있습니다.

'왜 유독 나만이' 하는 절망감을 떨쳐야 합니다. 설령 지독한 핸디캡이 있더라도 다만 질량에서 남들보다 더 크다뿐이지 전적으로 나에게만 존재하는 것은 아니기 때문입니다. 어찌 보면 종류가 다르게 나타났을 뿐인 것이지요.

핸디캡을 극복하는 일은 오로지 자기 자신의 의지에 달려 있습니다. 누군가의 힘에 의지해서 될 일이 아닙니다. 신은 공평합니다. 만일 내게 어떤 핸디캡을 주었다면 그것을 극복할 수 있도록 하는 계기를 그에 대응하는 선물로 마련해 주었을 것이라 생각합니다. 그 생각이 당신에게 주어진 희망입니다.

극복해야 할 모든 것들의 처음은 어린 묘목입니다. 그것이 자라 고목이 되기까지 극복을 이뤄내야 합니다. 그것이 나와의 약속이며 예언입니다. 분산은 나약하지만 집중은 힘이 있습니다. 태만은 아무것도 이룰 수 없지만 열정은 모든 것을 이룹니다. 미래의 모습을 생각한다는 것은 현재의 모습을 생각하는 것과 같습니다. 현재 무엇을 이루지 않고 미래에 나타날 그 어떤 것을 기대하는 것처럼 어리석은 일은 없습니다. 기대할 수 없는 것을 기대하는 것처럼 허망한 것이 없습니다.

10분 뒤와 10년 후를 동시에 생각하고 당신이 극복해야 할 일들을 시작하십시오. 그러지 않으면 10분을 보낸 뒤 10년을 맞이했을 때 당신은 자신이 하지 않은 일 때문에 매우 실망하게 될 것이며 후회하게 될 것입니다. 그러하기 때문에 우리는 현재의 생활에 진지해질 필요가 있습니다.

바다에는 아무리 거센 폭풍이 몰아치고 파도를 일으켜도 그것이 닿을 수 없는 심연이 있습니다. 그런 것처럼 사람의 마음속에도 외부에서 오는 어떤 풍랑도 그것을 침해할 수 없는 마음의 심연이 자리하고 있습니다. 그래서 그 심연의 한가운데에 자기의 목표를 두고 있으면 설령 풍랑이 몰아쳐도 그것을 잠재울 수 있습니다.

모든 사람은 태어날 때와 죽을 때 근본적으로 같은 존재가 될 수밖에 없습니다. 모든 사람들의 삶은 평행선 위에 놓여 있습니다. 지금 '나'라는 배가 풍랑에 흔들릴지라도 너울거리는 물살 저편에 물보라 한 방울 닿지 않는 평온한 모래톱이 있다는 것을 기억해 두시기 바랍니다.

비 오는 날 비질하는 뜻을 알아야 합니다

나는 이내 비 오는 날 비질하는 뜻을 알았습니다. 그것은 자신의 마음을 닦는 일이었습니다.

일본을 여행했을 때의 일입니다.

비가 오고 있었습니다. 나는 오사카의 뒷골목을 돌아다니며 일본이란 나라의 깊숙한 곳을 살피고 있었습니다. 그때, 내 눈에 들어온 정경이 있었습니다. 아주 나이 많은 노인이 우비를 쓰고 비오는 골목을 묵묵히 비질하고 있었던 것입니다. 나는 우산을 쓰고 한참이나 그 광경을 지켜보고 있었습니다.

노인은 비질합니다. 그의 어깨에 떨어지는 빗방울이 속절없이 흘러내립니다. 나는 무언가 형언하기 어려운 감정 속에서 비 오는 날, 노인의 비질을 그 어떤 감정으로 받아들이고 있었습니다. '사노라면 빗물을 닦아내는 것도 하나의 업業이겠지' 그런 생각을 하면서 말입니다.

추적추적 그렇게 내리는 빗속에서 노인은 어찌 그리 묵묵히 빗물을 쓸어내리고 있는 것일까요? 너무 깨끗한 길이어서 쓸어내릴 것도 없는 길을……, 쓸어내면 또 쓸어내고, 종내 나는 노인이 자신의 인생에서 지각에 흠집을 내고 도랑을 틀면서 지내온 삶의 염원이 켜켜이 쌓인 것을 쓸어내고 있는 것일지도 모른다는 생각을 해보았습니다.

나는 이내 비 오는 날 비질하는 뜻을 알았습니다. 그것은 자신의 마음을 닦는 일이었습니다. 적지 않은 세월을 살아온 노인의 비질은 깨끗한 골목길을 더 깨끗하게 하기 위한 비질이 아니라 묵묵히 자신의 인생을 조망하며 마음을 비질하는 것이었다는 것을 깨달았습니다. 이런 깨달음이 과연 지나친 억측이 아니길 비 오는 날, 그 낯선 골목에서 나는 바라고 또 바랐으며 노인이 비질을 멈추고 내 시야에서 사라진 순간 내리던 비가 이내 그친 뒤라는 것을 알고 우산을 접었습니다.

그 골목을 돌아 나오면서 아직도 거기에 서서 비질하고 있는 듯한 노인의 모습을 찾았습니다. 그러나 고요와 적막감만 골목을 휘돌고 있었을 뿐 노인의 모습은 어디에도 없었습니다. 후에 다시 비오는 날 내가 저 골목에 들어서면, 노인이 비오는 날 비질하는 뜻을 그때도 그렇게 느낄 수 있을까요?

휵 하고 갈바람이 불어왔습니다.

행복한 생각을 품는다면

천당과 지옥이 저 세상에 있는지 없는지 나는 알지 못합니다. 그러나 천당과 지옥이 이 세상에 있다는 것은 분명히 믿습니다.

세상의 일들은 대체적으로 마음가짐에 따라 그대로 이루어집니다. 행복한 생각을 품으십시오. 인생의 행복은 바로 우리 마음의 결정에 따른 것이며 그 결과 또한 마음의 결정에서 생겨납니다.

불행한 사람은 그 어느 시기에 정상적인 만족을 박탈당한 경험을 가지고 있습니다. 이런 사람은 그 어떤 일에도 부당한 평가를 내리고 모든 일을 부정하면서 살아가는 특징이 있지요.

이제 삶과 죽음과 인간의 운명에 대해 명상을 시작합시다. 우리는 우리의 생각과 마음을 결정할 수 있습니다. 그런 권리가 우리 스스로에게 있다는 것을 명심하십시오. 행복한가 그렇지 못한가는 결국 우리들 자신한테 달려있는 것입니다. 남의 행복을 몹시 싫어하고 남의 행복 위에 자기의 행복을 세우려는 사람은 결국 그 자신도 행복하게 되지 못한다는 것은 누구나 생각할 수 있는 일이지요. 행복은 바로 지금 행복한 감정을 느끼는 것, 결코 유예시키거나 회상으로는 그것을 느낄 수 없습니다. 그러니까 행복한 생각을 품고 있는 것 자체가 행복인 것입니다.

그러나 인간의 행복이란 참으로 어려운 문제이므로 무엇이 진정한 행복인가는 좀 더 깊은 생각 속에 담아 두어야 느낄 수 있습니다. "어떤 사람도 죽기 전에는 행복하게 살았다고 말하지 마라. 죽은 뒤가 아니면 행복했는지 알 수 없다"는 솔론의 말을 인용하지 않아도 현재의 삶에서 행복을 느끼기란 사실 어렵습니다. 그럼에도 행복해지기 위한 마음은 인간의 마음속에서 멈춰지지 않는 것은 왜일까요?

우리는 여러 단어 속에서 인생과 마찬가지로 행복이란 단어가 그리 많지 않은 추상적인 명사임을 알 수 있습니다. 인간은 누구나 행복해지기를 바라지만 그러나 행복이 무어냐고 물으면 선뜻 대답할 사람은 그다지 많지 않은 것을 보면 그렇습니다. 그럼에도 누가 내게 굳이 행복이란 무엇이냐는 물음에 답하라면 '만족함' 이라 대답할 것이고 그것을 더 구체적으로 설명하라면 '만족한 생각을 품고 있는 기쁜 상태' 라고 말하고 싶어요. 현재 나의 삶이 행복하다는 생각 자체가 얼마나 만족스러운가요.

그렇다고 해도 행복에 너무 집착하지 마십시오. 행복과 불행은 결코 나뉘어질 수 있는 것이 아닙니다. 사람들이 목적하는 행복 안에는 본질적인 고통이 있다는 것을 알아야 합니다. 그러므로 자신이 행복하다고 느낄 때를 조심해야 합니다. 너무 기뻐하거나 거기에 마음을 빼앗겨선 안 됩니다. 고통이 오더라도 실망하지 말고 고통에 잠겨 자신을 잊지 말아요. 그것들은 모두 같다는 것을 인식해야 합니다.

행복과 불행은 좋은 생각과 나쁜 생각의 차이 정도에서 구분이 됩니다. 사람은 환경의 지배를 받는다고 하지요. 그것은 사람이 환경의 선택을 마음대로 할 수 없다는 뜻이기도 합니다. 자신이 태어나는 장소로부터 살아가는 환경의 지배를 받다보면 그렇지요. 그러나 생각은 자유롭게 얼마든지 시공을 넘나들면서 할 수 있습니다. 그렇다면 어떨까요? 환경을 탓할 것이 아니라 그 환경에서 행복할 수 있고 성공할 수 있다는 생각을 품는 일은, 자신이 원하는 그런 환경을 만들면 되지 않을까요? 그것을 현실로 만드는 일은 얼마든지 가능합니다.

나의 생각은 내면을 손질하고 나타나 외면을 가꿉니다. 생각에 따른 결과에 의한 것이지요. 그가 불행하다면 불행한 생각 속에 산 탓이고 행복하다면 행복한 생각 속에서 살아온 탓입니다. 행복은 만족에서 나타납니다. 그러고 보면 만족하는 마음을 키우는 것도 능력입니다.

행복한 생각을 품으면 됩니다. 지금 내 생활에 만족하는 정신적 자유를 찾아 그것을 누리면 됩니다. 행복은 단순히 물질적인 소유에서 오는 것이 아니며 불행 또한 소유의 결핍에서 오는 것도 아닙니다. 만족한 삶을 느끼면 되고 그것이 진정한 행복이라고 나는 생각합니다. 그것이 바로 선정禪定의 시작인 것입니다.

천당과 지옥이 저 세상에 있는지 없는지 나는 알지 못합니다. 그러나 천당과 지옥이 이 세상에 있다는 것은 분명히 믿습니다.

"나는 행복해."

"나는 불행해."

행복이란 외적인 조건에 의해 얻어지는 것이 아니라 자기의 마음가짐에 따라 얻어질 수도 있고 잃을 수도 있는 것입니다. 그러기 때문에 행복이나 불행은 밖에서 여는 문이 아니라 안에서 여는 문이라고 생각하면 됩니다. 무엇을 행복이라 하고 무엇을 불행이라고 생각하는 기준은 사람마다 다르고 기분에 따라 다르게 나타납니다.

사노라면 굴곡이 있어 한없이 행복한 높이에 올라갔다가도 한없이 낮은 곳으로 추락하는 절망도 맛보게 됩니다. 인간에게 행복과 불행이란 어떤 상태와 어떤 상태의 비교뿐입니다. 행복과 불행의 분기점은 너무나 얇습니다.

행복한 삶을 살아가기 위해서 존재하는 인간은 욕심과 욕망의 노예가 되지 않습니다. 큰 것을 바라지 않으며 얻어지는 것들을 배수로 하여 불리려 하지 않습니다. 주어지는 것에 대한 감사와 만들어지는 기쁨의 향연에 행복해 합니다.

찌루찌루와 미찌루의 오누이가 꿈속에서 요정의 안내를 받아 행복의 사신인 파랑새를 찾아다니는 이야기는 누구나 알고 있는 동화입니다. 파랑새는 끝내 찾지 못했고 깨어나 보니 머리맡의 새장에 파랑새가 있었습니다. 찌루찌루와 미찌루는 행복이란 바로 가까이에 있는 것이며 다른 사람을 행복하게 해주는 방법 또한 바로 가까이에 있다는 것임을 깨닫게 합니다.

행복이란 그런 것입니다. 멀리 있지도 않고 이상사회에 있지도 않고 남의 그림자 속에만 있지도 않고 아주 가까운 내 그림자 속에 있다는 것을 우리는 명심해 둘 필요가 있습니다. 행복이 여유롭지 않아도 잠깐 잠깐 행복이 나타나는 삶이라면 좋겠습니다. 그런 삶이야말로 삶을 후회하지 않는 가장 좋은 방법이라고 생각합니다.

죽음은 우리 힘을 능가하는 게 아닙니다

왜 사는가, 삶과 죽음의 논제에 성급하게 다가서지 말며 무겁게 생각하지 말아요. 삶의 철학이 빈곤하지 않으면 됩니다.

우리들의 힘이 죽음이란 경험을 참기에 부족하다고 해서 두려워해서는 안 됩니다. 죽음을 가장 가까운 것으로 여기든 가장 무서운 것으로 여기든 말입니다.

죽음은 결코 우리들의 힘을 능가하는 게 아닙니다. 죽음은 그릇의 가장자리에 있는 마지막 선線과 같은 것입니다. 우리가 그 선에 도달하기만 하면 가득 찹니다. 가득 찬다는 것은, 바로 전부라는 뜻입니다.

죽음을 사랑해야 한다고 말하려는 건 아닙니다. 그러나 우리들은 계산이나 선택을 하지 말고 삶이란 것을 관대하게 받아들여야 합니다. 그렇게 함으로써 삶의 반대편에 놓인 죽음과도 하나가 되며 그걸 사랑하게 됩니다. 그러나 끝도 없고 경계도 지을 수 없는 삶이란 거대한 움직임 속에서는 실제 어떤 일이 벌어지고 있습니까? 우리들은 죽음이라는 것을 언제나 갑자기 의식하기 때문에 점점 우리에게 낯선 자가 되었으며 또 우리가 그걸 낯선 것으로 취급했으므로 적이 되었던 것입니다.

이어령 교수가 암에 걸린 자신에 대해 신문에서 술회한 말이 있습니다.

"의사가 내게 '암입니다' 라고 했을 때 '철렁' 하는 느낌은 있었다. 그래도 경천동지할 소식은 아니었다. 나는 절망하지 않았다. 대신 이런 생각이 들었다. '그래, 내가 암이야, 어떻게 할까?' 지금껏 글을 써온 게 전부 '죽음의 연습' 이었다. 과일 속에 씨가 있듯이, 생명 속에는 죽음도 함께 있다. 보라, 손바닥과 손등, 둘을 어떻게 떼놓겠는가. 뒤집으면 손바닥이고 뒤집으면 손등이다. 죽음이 없다면 어떻게 생명이 있겠나. '나는 살아 있다' 는 생명의식은 '나는 죽어 있다' 는 죽음의식과 똑같다. 빛이 없다면 어둠이 있겠나. 죽음의 바탕이 있기에 생을 그릴 수가 있다. 의사의 통보는 오히려 내게 남은 시간이 한정돼 있음을 일깨워주었다."

죽음이란 삶보다 훨씬 우리와 가까운 것이 아닐까요? 우리들이 그것에 대해 아는 게 뭡니까? 우리들의 노력은 죽음과 삶의 통일을 전제로 하는 일에 써져야 합니다. 우리가 죽음과 대립되고 있다 가정하면 그런 관점에서는 절대로 죽음이란 문제를 해결할 수가 없습니다. 죽음은 우리들의 친구이며 그것도 우리들의 자세나 흔들림으로 해서 절대로 우리를 배반하는 친구는 아닙니다.

삶은 언제나 긍정과 부정을 동시에 말하지만 죽음은 원래가 긍정만 합니다. 그리고 누구에게나 공평하고 피할 수 없는 일이지요. 영원히 그렇습니다.

'우리는 왜 사는가?'

우리가 살아가면서 순간순간 자신에게 묻는 가장 깊이 있는 질문이기도 합니다. 하지만 그 물음에 명쾌한 대답을 할 수 있을까요? 그럴 수 없다면 우리는 더 깊은 철학이 담긴 내면의 것들을 고민하지 않을 수 없습니다.

미국의 소설가 캐슬린 노리스가 한 말이 생각납니다.

"삶을 살아간다는 것은 당신이 생각하고 있는 것보다 훨씬 쉬운 일이다. 가능하지 않은 일은 인정하고 꼭 해야 할 일을 하고, 견딜 수 없는 일은 견디는 것, 삶을 살아가는 데 필요한 것은 이것이 전부이다."

굳이 세상을 살아가는 것과 죽음과의 차이를 둔다면 우리가 차지하고 있는 그 너비의 차이일 뿐, 별 것 없습니다. 삶과 죽음의 경계선 사이에 우리는 그저 놓여 있을 뿐입니다.

사는 것, 시간이 흘러가는 모든 것은 그 자체로 보면 됩니다. 달리 보려 해도 달리 인식하려고 해도 그 자체는 달라지지 않지요.

왜 사는가, 삶과 죽음의 논제에 성급하게 다가서지 말며 무겁게 생각하지 말아요. 삶의 철학이 빈곤하지 않으면 됩니다. 자신의 탄생에 대한 이유와 이 세상에서 어떻게 살다 가야 할 것인가에 대한 진지성이 결여되어 있지 않은 사람이면 됩니다.

내 존재를 숭엄하게 해야 합니다. 세상 어디에도 내 생애를 좌우할 사람이 없으며 내가 나를 아끼지 않으면 나를 아낄 사람은 하나도 없습니다. 내가 온전하지 않고서 온전하길 바라는 것은 헛된 욕심에 불과합니다. 나를 격려하세요, 그렇게 살 수 있다고 격려하고 또 격려하세요. 격려가 자주 되풀이될수록 당신의 삶은 그렇게 이룩될 수 있습니다.

진정한 행복을 찾는 일은 자신을 사랑하는 일입니다. 그것을 제외하고서 행복을 말하는 것은 행복이 아닙니다.

'차라투스트라는 이렇게 말했다' 에 나오는 다음의 말이 어쩜 진정한 해답이 될 수 있지 않을까요.

"자신을 사랑하는 것을 배우는 것은 오늘이나 내일을 위한 계율은 아니다. 오히려 이것은 모든 기술 중에서 가장 세밀하고 가장 교묘하며 가장 커다란 인내심이 요구되는 궁극의 기술이다."

행복이 학문의 분야는 아니지만 우리들은 행복의 완성을 틀로 구성해놔야 합니다. 그것이 오늘의 주제입니다.

신이 우리에게 준 선물

우리들에게 인생은 단 하나밖에 없는 아주 소중한 서사시다. 죽을 때까지 똑같은 페이지를 반복해서 읽는다는 것은 얼마나 재미없고 의미 없는 일이겠는가.

삶은 우리가 바라는 행복으로만 이루어지지 않습니다. 행복으로 가는 길은 따로 있는 것이 아니라 행복 자체가 바로 그 길일뿐입니다. 그럼에도 우리는 행복의 모체가 따로 존재하는 것처럼 그것을 찾으려 애씁니다.

어쩜 우리는 행복보다는 슬픔에 묻혀 사는 사람이 더 많을지 모릅니다. 우리 인생에서 가장 어두운 그림자는 그 사람이 서 있을 때 생기는 자기 그림자란 말이 있지요. 살아가다보면 어떻게든 슬픔은 찾아오게 되어 있고 그것을 떨치기 위해 노력하면서 살아갑니다.

심리학자인 융은 인간의 내면에 존재하는 어두운 부분을 '그림자' 라고 했습니다. 그 어두운 그림자 속에는 인간의 분노와 탐욕, 이기주의, 금지된 욕망이나 그런 정서가 모두 포함되어 있다고 말합니다.

과연 절망의 늪까지 가보기 전인 사람이 절망이 얼마나 뼈저리게 아픈 것인지 그 한계를 알 수 있을까요?

모든 사람에게는 저마다 슬픔의 우물이 있습니다. 그 슬픔을 겪을 때마다 사람들은 오래된 슬픔까지 보태서 울게 됩니다. 그래서 슬픔이 하나 둘 더해지고 더해지다 보면 그 슬픔의 무게를 견디지 못해 고통과 절망스런 나날을 보내게 되지요. 그러나 그런 무겁고 견디기 힘든 슬픔은 그리 많지 않아요. 대개 내일이면 사라질 슬픔이 대부분입니다. 그러니 슬퍼하지 말아요. 조금도 절망하지 말아요. 모든 것은 회복되기 마련입니다. 나는 신이 우리에게 준 선물 가운데 가장 큰 선물이 있다면 바로 '망각' 이라고 생각합니다. 아무리 큰 슬픔도 시간이 흘러가면 잊게 되어 있습니다. 영원히 남겨지는 슬픔은 없으며 그 자체가 남겨져 있음을 허락하질 않고 이내 날아가 버립니다. 그것이 슬픔의 뚜렷한 속성인 것입니다.

일정부분 불행을 겪어본 사람이 행복의 참맛을 알게 됩니다.

행복하게 살기 위한 기본적인 태도는 흘러가는 시간과 동맹을 맺고 사는 일이지요. 시간이 모든 것을 해결하며 순조로운 삶을 갈망하는 사람들에게 그것을 가져다줍니다.

행복과 불행은 아주 가까운 거리에 있습니다. 오직 희망은 미래에 대한 자기 자신의 열정인 것입니다. 그것이 나를 행복하게 해줍니다. 단순 감정에 속한 행복에 머무는 것이 아니라 내가 무엇을 성취하고자 하는 일에 대한 열정으로 행복을 느끼는 것입니다. 그것이 모세혈관 같은 행복이 아니라 동맥과 같은 깊은 행복이 아닐까요. 이제부터라도 내가 이 세상에 태어나 어떻게 살 것인가에 대한, 무슨 일을 함으로써 생에 대한 진지한 행복에 머무를 수 있을까를 생각하십시오.

행복한 사람은 과거가 없고 불행한 사람은 과거만 있다는 어느 문호의 말이 생각납니다. 그래요, 과거는 보통 역경에 처한 것의 이름이고 그것을 이겨낸 이력이 바로 인생인 것입니다. 나는 그렇게 생각합니다.

일본 자본주의 아버지 시부사와 에이치의 메시지는 이렇습니다.

"사람은 언젠가 이 세상을 떠난다. 세상이라고 하는 거대한 흐름 속에서 한순간 깜박거리고 말 뿐이다. 그것이 우리 인간이며 정말로 작은 존재에 불과하다. 그렇더라도 우리들에게 인생은 단 하나밖에 없는 아주 소중한 서사시다. 죽을 때까지 똑같은 페이지를 반복해서 읽는다는 것은 얼마나 재미없고 의미 없는 일이겠는가."

의미 있는 일에 다가서서 내 인생을 확정하십시오. 그리고 행복하세요.

하나의 생각이 하나의 생각을 삼킵니다

신념과 용기를 가지는 순간은 앞이 보이지 않을 정도로 어두운 순간이 대부분이지요. 자신의 신념을 지킬 용기도 있어야 하지만 자신의 신념을 바꿀 용기도 있어야 합니다.

강한 신념과 용기를 가진 사람은 어떠한 상황에 놓여도 결코 포기하거나 희망을 잃지 않습니다. 그 희망은 어두운 절망을 이겨내는 빛이 되며 성공할 거라고 굳게 믿는 사람, 그것을 의심하지 않는 사람만이 성공을 이룰 수 있습니다.

만일 성공을 의심하고 실패의 두려움에 싸인 상태라면 스스로 그것을 이겨내 성공으로 갈 수 있다는 용기와 희망을 가져야 합니다. 산성이 알칼리성의 보탬으로 중화되듯 우리의 생각도 중화시킬 수 있습니다. 그것은 실패의 두려움에 성공의 희망을 불어넣는 일이지요. 이것은 과학적으로 가능한 논리입니다.

사람은 한꺼번에 두 가지 생각을 떠올리지 못합니다. 하나의 생각이 하나의 생각을 중화시키거나 삼켜버리거나 아니면 몰아내기 때문입니다. 그래서 성공을 생각하면 성공할 수 있게 되는 것입니다. 따라서 성공을 바라면 먼저 성공을 간절히 원하고 그 생각이 마음에 떠나지 말아야 하며 성공에 대한 강한 확신, 굳센 의지로 내면을 다져나가는 것이 중요합니다.

아리스토텔레스가 이것에 대해서 명확하게 내린 정의가 있는데 그것은 바로 '인과율' 입니다. 이를 다른 말로 표현하면 '원인과 결과의 법칙' 이라고도 하는데 이 법칙은 '모든 일이 일어나거나 일어나지 않는 데에는 반드시 이유가 있다' 는 것이고 만약 바라는 어떤 결과가 있다면 '그 원인으로 올라가야 한다' 는 것입니다. 바로 생각하고 행동하는 대로 모든 일이 이루어질 수 있다는 법칙이며 원인을 찾아 그것을 습득하면 자신이 바라는 결과를 얻을 수 있다는 것입니다.

자신에 대한 끝없는 믿음은 상상하기 힘든 에너지를 불러오고 추진력을 보입니다. 될 수 있다는 것과 할 수 있다는 것의 실현의 믿음은 오로지 신앙과 같은 믿음에서 생겨납니다.

우리는 성공과 목표에 중독되어 있어 실패의 비난이 일반적인 기준이 되어버린 문화 속에서 살고 있습니다. 그러나 실패를 비난만 할 일은 아니에요. 실패도 실패 나름이지요. 어떻게 실패했느냐 하는 문제를 따져보지 않으면 안 됩니다.

대부분의 사람들은 성공을 단번에 이루려고 하는데 성공은 그렇게 쉽게 오는 것이 아닙니다. 성공은 연속성이 있어 실패를 하면서 그것을 딛고 계속 나아갔을 때 얻어지는 것으로 좌절하기도 하고 실망하기도 하고 그러다 희망을 찾으면서 계속 앞으로 나아갔을 때 성공과 만나지게 되는 것입니다.

목표를 이루려다 그것이 여의치 않거들랑 잠시 휴지 기간을 가지고 목표를 재정비해야 합니다. 성급하게 해결한 일은 그 일의 가치 또한 금방 사라지는 법입니다. 지혜로운 사람, 마음을 다스린 사람만이 영혼의 숲으로 불어오는 거센 바람을 막을 수 있는 것처럼 차분하게 자기 자신을 다스리고 조절할 능력을 가진 사람만이 곤궁에 처한 자신을 구해낼 수 있습니다.

인간의 행동은 어떤 자극이 동기가 됩니다. 자극이 없으면 동기유발이 어려운 만큼 동기유발이 될 때까지 참고 기다려야 합니다. 그러나 그 순간에도 분명한 것은 내가 무엇을 해낼 수 있다는 믿음을 버리지 않겠다는 신념입니다. 원인과 결과의 법칙을 믿는 일입니다. 인과율이야말로 인간을 성장시키는 가장 중요한 철학인 것입니다.

현재 당신이 원하고 꿈꾸는 성공은 무엇입니까? 건강으로 가기 위한 길목에 선 당신에게 용기와 애정을 전합니다. 나을 수 있다는 믿음만 공고하다면 꼭 그렇게 될 수 있습니다. 당신의 목표와 성공은 그것입니다.

반드시 해내고야 말겠다는, 나의 병을 이겨낼 수 있다는 신념을 갖는 일이 중요합니다. 신념만 굳으면 성취하지 못할 일은 하나도 없습니다. 기적은 어떤 특별한 사람의 사물이 아니며 전유물은 더더욱 아닙니다. 일반적인 것이고 해내고야 말겠다는 신념이 기적을 만들고 놀라운 성과를 이룩합니다. 대체적으로 신념과 용기를 가지는 순간은 앞이 보이지 않을 정도로 어두운 순간이 대부분이지요. 그래서 자신의 신념을 지킬 용기도 있어야 하지만 자신의 신념을 바꿀 용기도 있어야 합니다. 그것이 진정한 신념이라고 생각합니다. 올바르지 않은 신념을 끝까지 밀고 나가려 하는 것은 그 신념을 올바로 전개하지 못합니다.

우리가 무엇인가 해야 할 시간은 '지금' 뿐이에요. 지금 무엇을 어떻게 해야 하는가에 따라 인생이 달라지죠. 모래성을 쌓아도 지금 해야 할 일이고 하늘의 구름을 잡으려 애쓰는 일도 지금 해야 할 일이란 것을 기억하십시오.

'겨울의 고통을 아프게 견디며 살아온 나무는 봄에 아름다운 꽃을 피운다.'

이것은 나무의 신념이자 나무의 삶입니다.

우리는 자신의 강력한 개인의 운명의 힘에 닿으려 노력해야 합니다. 그 가운데 신념은 노력하는 운명의 힘을 끌어들이는 결정적 요소가 됩니다.

나는 행복한 사람

-행복한 인생 여정을 위하여

생명이 다한 날 아침, '나는 다시 태어나도 똑같은 인생을 살고 싶다' 고 말할 수 있을까요? 우리는 그렇게 말하고 그렇게 말할 수 있는 인생을 만들어야 합니다.

언더우드 기도문 중에는 다음과 같은 글이 있습니다.

걸을 수만 있다면, 더 큰 복은 바라지 않겠습니다.
누군가는 지금 그렇게 기도를 합니다.
설 수만 있다면, 큰 복은 바라지 않겠습니다.
누군가는 지금 그렇게 기도를 합니다.
들을 수만 있다면, 더 큰 복은 바라지 않겠습니다.
누군가는 지금 그렇게 기도를 합니다.
말할 수만 있다면, 더 큰 복은 바라지 않겠습니다.
누군가는 지금 그렇게 기도를 합니다.
볼 수만 있다면, 더 큰 복은 바라지 않겠습니다.

누군가는 지금 그렇게 기도를 합니다.

살 수만 있다면, 큰 복은 바라지 않겠습니다.

누군가는 지금 그렇게 기도를 합니다.

놀랍게도 누군가의 간절한 소원을 나는 다 이루고 살았습니다. 놀랍게도 누군가가 간절히 기다리는 기적이 내게는 날마다 일어나고 있었습니다.

부자 되지 못해도, 지혜롭지 못해도 내 삶에 날마다 감사하겠습니다. 날마다 누군가의 소원을 이루고, 날마다 기적이 일어나는 나의 하루를, 나의 삶을 사랑하겠습니다.

사랑합니다. 삶, 내 인생,

나…… 어떻게 해야 행복해지는지 고민하지 않겠습니다.

내가 얼마나 행복한 사람인지 날마다 깨닫겠습니다.

나의 하루는 기적입니다. 나는 행복한 사람입니다.

나도 이런 기도문을 욀 수 있다면 좋겠다는 생각을 해보는 것이 어떨까요? 기도문은 나의 상징이며 분열된 마음을 진정시킵니다.

생명이 다한 날 아침, '나는 다시 태어나도 똑같은 인생을 살고 싶다' 고 말할 수 있을까요? 우리는 그렇게 말하고 그렇게 말할 수 있는 인생을 만들어야 합니다. 정말 잘 살았다고 말할 수 있는 인생, 다시 태어나도 그대로 살고 싶은 인생, 그 행복한 인생 여정을 위한 인생이어야 합니다.

매순간 올바른 생각과 행복하다는 생각, 이기적이지 않고 남을 배려하는 마음으로 산다면 그것보다 좋은 삶이 또 있을까요?

우리의 삶이 행복하게든 불행하게 나타나는 것도 냉정한 해부에 의하면 모두 각자가 지닌 마음에 따라 나타나는 것 아니겠습니까. 분명한 것은 행복은 불행을 지배한다는 것입니다. 불행이 아무리 고개를 쳐들고 꼿꼿이 덤벼도 행복을 누를 수는 없습니다. 이것은 변해질 수 없는 뜻이고 삶의 이치입니다. 우리는 이 이치에 따른 논거를 두고 살아야 합니다. 이치를 떠나 생각하고 행동하는 일에는 성립이란 자체가 존재하지 않기 때문입니다.

행복하게 살겠다는 그 지향점이 무엇이죠? 그 의도를 말해 줄 수 있습니까? 행복은 필요하거나 원할 때 얻을 수 있고 저장할 수 있고 사용할 수 있는 물질세계의 그 어떤 것이 아닙니다. 사람은 본능적으로 밝은 것에 대한, 깨끗함에 대한 동경이 있으면서 행복에 대한 성공에 대한 동경도 아울러 지니고 있습니다. 그것이 지향점일 수 있으며 많은 것을 바라고 있습니다. 물론 그 많은 것을 한 가지로 굳이 귀결시키고자 한다면 행복이란 말로 정의할 수 있는 것이지만 아무튼 우리는 결국 행복하고자 합니다. 행복을 느끼고자 합니다.

지금 불행을 겪고 있는 사람도 한 번쯤 행복했었던 순간이 있었습니다. 바로 그 순간, 그 행복의 결정적 인자에 대해 충실하지 못함 때문에 그 행복을 잃어버렸습니다. 그것을 다시 찾고자 했을 때 그 행복은 영원히 오지 못할 먼 곳으로 가버렸습니다. 행복에 헌신하지 않은 이유로 말미암아 잃어버렸습니다. 그 이유에 대해 말하자면 비록 행복은 맞이했지만 애초부터 결여되었던 부분이 해결되지 않았기 때문이라고 나는 생각합니다.

행복의 조건에 미결의 단점이 살아 있으면 그 생명은 오래가지 못하는 법입니다.

언더우드의 기도문을 보십시오. 그 소박한 기도가 바로 나는 행복한 사람이라고 말할 수 있는 것입니다. 저마다의 기도는 조금씩 달라도 소원은 소박한 한 가지의 바람입니다. 그 한 가지 바람이 이루어질 때 나 역시 행복한 사람입니다.

나는 지금 갈등하고 있습니다

인연은 사람과의 관계에서만 이루어지는 것은 아닙니다. 나와 결부된 모든 것들은 모두 인연에 맞닿아 있습니다.

나는 지금 갈등葛藤하고 있습니다. 이해관계나 견해가 뒤엉켜 서로 대립하는 것을 우리는 갈등이라고 하지요. 그것들이 우리의 삶을 힘들게 하며 고통과 불행을 안겨줍니다.

칡葛은 반드시 왼쪽으로 감아 올라가고 등藤나무는 이와 반대로 오른쪽으로 감아 올라가는 것처럼 내 마음이 갈라지고 있습니다. 나와 남이 다르다는 것을 인식하기 좋은 이 갈등에 대한 것은 그러나 좀체 나로부터 해소되지 않는 마음의 형태로 남아 있습니다.

잠에서 깨어나 보니 거기엔 내가 없었습니다. 꿈속에서의 내가 아니었습니다. 꿈은 내게 갈등을 포기시키지 않았습니다.

아픕니다.

이즈음에서 어쩌다 나는 갈등을 내 입장과 등치시키고 내 마음과 결부시키고 있는지 모르겠습니다. 아련하게나마 인연을 단순히 서로의 연분에 맞닥뜨리지 않고 인연이란 '결과를 만드는 직접적인 힘과 그를 돕는 외적이고 간접적인 힘에 해당' 하는 뜻을 강조하고 싶은 것은 내 마음이 여러 생각과 생각으로 갈등이 일어나고 있기 때문이 아닐까요?

아픕니다.

그것을 내 인연의 반열에 함께 올려놓는 것은 어떨까요? 너무 무리이고 억지일까요? 그럴지도 모르지요. 그것은 내 아픔의 정도를 모르고 하는 소리겠지요. 하지만 인연은 사람과의 관계에서만 이루어지는 것은 아닙니다. 나와 결부된 모든 것들은 모두 인연에 맞닿아 있습니다. 인연이란 것은 아무리 이으려 해도 끊어질 것은 끊어지고 끊으려 해도 이어질 것은 이어집니다. 운명과 같은 속성을 지니고 있기 때문입니다. 어쩜 갈등도 운명과 같은 속성을 지니고 있는 것은 아닐까요?

갈등이 일면 자연 그 갈등을 해소하는 방법부터 찾아야겠지요. 갈등해소는 나와 남이 다르다는 것을 인정하는 것부터 이뤄집니다. 생각이 다르면 그 다름을 인정하고 건강의 상태가 남과 다르면 그 상태를 인정하십시오.

이럴 것인가 저럴 것인가 분산되는 마음을 어쩌지 못하고 하는 것이 갈등의 본체라면 칡의 덩굴과 등나무의 줄기를 갈라놓으면 되지 않을까요? 갈등의 처리가 간단하지요, 고민을 혼연시키지 않으면 됩니다. 너무 복잡하고 어렵게 생각하지 않으면 되는 것을, 갈등의 문제에 부닥치면 그것을 해체하려는 심사가 먼저 의식에 침투하여 어떻게 할 방법을 마련해 둘 시간조차 주질 않고 여유를 빼앗습니다. 거기에 함몰되어 생각이 생각을 낳고 판단의 주저를 감당케

하는 것입니다.

갈등을 사전적 정의로 표현하자면, '개인의 정서나 동기가 다른 정서나 동기와 모순되어 그 표현이 저지되는 현상' 을 말합니다. 심리학 용어로는 인간의 정신생활을 혼란하게 하고 내적 조화를 파괴시키며 갈등상태는 두 개 이상의 상반되는 경향이 거의 동시에 존재하여 어떤 행동을 할지 결정하지 못하는 것을 말한다고 합니다. 문명생활은 정서의 표현을 제한하고 충동의 만족을 제약합니다. 그래서 갈등은 점차 심화되고 여러 가지 목적이나 이상이 서로 모순된다고들 말합니다.

모두들 맞는 말이지요. 그러나 갈등에 대한 정의가 개인의 심리를 무시하고 그렇게 정리되는 쪽에서만 해석이 가능할까요?

여기까지 왔으니 갈등이론(conflicttheory, 葛藤理論)을 한 번 살펴보고 가는 것이 어떨까요?

요약하자면,

"갈등이론은 '사회는 서로 다른 이해관계를 추구하는 개인과 집단으로 구성되어 있으며 이들이 대립과 경쟁, 갈등과 변화의 관계에 있다고 주장하는 이론' 인 것입니다.

이 이론은 사회가 통합이 잘 되어 있고 잘 짜인 체계가 아니라는 점을 강조합니다. 경제적인 이해관계 또는 정치권력은 갈등의 주요한 요인으로 작용하며 모든 사회는 일부 구성원들이 다른 구성원들을 탄압하고 강제함으로써 유지된다는 것입니다. 사회 안에 늘 갈등이 존재하는데 이러한 갈등을 통해 사회변동이 일어난다고 보았으며 권위적인 관계로 형성된 집단 간의 갈등이 인간사회의 근본적

인 갈등이라고 생각하였습니다." (출처 : 두산백과)

학문적으로 갈등을 살펴보면 이렇듯 거창한 담론이 생겨납니다. 그러나 우리들에게 개인적으로 일어나는 갈등이 어떻게 갈등이론과 대비되나요? 이해관계나 견해가 뒤엉켜 서로 대립하는 것, 심리적 요인으로만 우리는 갈등에서 벗어나고 싶은 것입니다. 그러니 갈등이 일거든 간단히 처리하십시오. 거기엔 내가 있고 남이 있으며 그 문제는 내 문제이기도 하고 남의 문제이기도 하고 이 길도 길이고 저 길도 길입니다. 그래도 내가 가야 할 길은 좋은 길도 나쁜 길도 아니며 그냥 내가 선택한 길만 좋은 길이라고 판단하고 가세요. 나는 그와 다르며 그도 나와 다르다는 것을 인정하십시오. 이러한 생각들이 우리들 마음속에 일어나는 갈등을 해소하는 일입니다.

긍정은 받아들임입니다

긍정의 힘을 살리는 것은 받아들임입니다. 무엇이든 나의 입장이 아닌 남의 입장을 헤아리며 모든 것을 받아들이는 것입니다. 이것이 긍정의 시작이자 중심입니다.

긍정적으로 살아간다는 것은 이론의 개념이 아닙니다. 평시에 긍정적인 의지와 습관을 들인다면 가능한 손쉬운 일반적인 개념입니다. 인생에는 이것이냐, 저것이냐 하는 것은 없습니다. 있다면 이것이기도 하고 저것이기도 한 긍정심이 있을 뿐입니다.

긍정적인 것은 현재형입니다. 앞으로 어떻게 할 것인가 하는, 미래를 기약하는 문장으로선 긍정을 완성시킬 수 없습니다.

힘들고 어렵지만 모든 것을 긍정하세요. 긍정은 이해심이기도 하고 배려심이기도 하고 사랑이기도 합니다. 긍정의 가장 큰 선물은 만족이며 부정이 속하지 않은 마음에는 언제나 감사가 먼저 자리하고 다음에는 기쁨을 느끼게 됩니다.

적당한 비유가 될는지 모르겠지만 유월절 축제 때면 유대인들은 이집트를 탈출한 사건을 기념하는데 이때 유월절에 참석한 사람 가운데 한 사람이 "다이아누!" 라고 외칩니다. 이 말은 '충분하다' 혹은 '충분했을 것이다' 란 의미로서 신이 그들에게 베푼 것을 회상하는 의식 가운데 하는 말입니다. 우리는 이 의식 가운데 그들이 "다이아누!" 라고 외치는 이 온전함의 긍정을 사랑하고 배워야 할 것이란 생각입니다. '충분하다' 라는 말은 모든 것을 감사하고 받아들이는 태도로써 인생에 충만과 행복과 기쁨을 전하기도 하고 받아들이기도 하는 이 말 "다이아누!" 를 항상 새기면서 살아가는 것도 아주 좋은 일일 것 같아요.

신이 베푼 것을 감사하는 의식이라도 신의 뜻을 긍정하지 않고서는 '충분하다' 는 만족과 감사하는 마음이 동시에 생기지 않을 것입니다. 이때에 느끼는 만족이 바로 긍정입니다.

『명상록』을 쓴 마르쿠스 아우렐리우스는 다음과 같이 말했습니다.

"끊임없이 부서지는 파도와 맞서는 갑岬처럼 되라. 주변의 요동치는 물살이 또 한 차례의 휴식을 위해 잠잠해질 때까지 꿋꿋이 버티고 서라. '내가 이런 일을 겪다니 나는 얼마나 불행한가!' 결코 그렇지 않다. 오히려 이렇게 말하라. '쓰라림 없이 이 일을 겪어냈으니 나는 얼마나 운이 좋은가! 나의 현재는 흔들리지 않았고 미래에 대한 기대 또한 잃지 않았다.'"

반전입니다. 긍정이 가져오는 가장 큰 힘은 그 어떤 고통도 그 고통을 더 나은 것의 준비과정으로 생각하고 받아들이는 것입니다.

긍정의 힘을 살리는 것은 받아들임입니다. 무엇이든 나의 입장이 아닌 남의 입장을 헤아리며 모든 것을 받아들이는 것입니다. 이것이 긍정의 시작이자 중심입니다. 그 뿌리엔 용서와 관용이 있고 이해력이 포함됩니다.

긍정심은 심리적인 관점에서 매우 중요한 인격에 포함됩니다. 받아들임으로 출발하여 용서와 관용, 그리고 이해력이 포함된다는 것은 그 실행에 있어서 결코 만만치 않으며 누구나 긍정심을 발휘할 수는 없는 일이기 때문입니다.

그러나 해야지요. 인위적을 포함해서라도 부단한 노력을 기울여서라도 체득을 시켜야 합니다. 긍정은 부정을 솎아내는 일이고 어떤 상태를 인정하는 일이며 인간관계의 매듭을 풀어주는 자애로운 마음이기 때문입니다. 뿐인가요? 긍정심은 절망을 희망으로 끌어올리는, 여기서 분수효과를 말해볼까요? 이 말은 정치적 용어이지만 긍정심에 차용하여 비유를 해봅니다.

분수효과는 아래에서 위로 물을 뿜어내듯 깊이 잠겨 있던 절망을 희망으로 끌어올려 소생시키게 됩니다. 그렇게 힘차게 올랐던 분수는 이내 낙수효과로 이어집니다. 그것은 배려심이 될 것입니다. 자신보다 힘들고 낮은 곳에 임한 사람들에게 내리는 단비와 같은 것이지요. 가설일지라도 긍정심은 이런 작용을 하게 됩니다. 뿜어내는 물이 있을 때 낙수되는 물이 없으면 그 분수는 말라버리고 말겠지요? 긍정은 이렇듯 우려조차 불식시키고 본연의 작용을 하게 됩니다.

어떤가요? 긍정은 이 두 가지 작용을 모두 수용하게 되며 살아가는 우리들에게 한 번은 생각해봐야 할 주제가 아닐까요?

인생을 여행 떠나듯 즐겁게 살아간다면

모든 일은 현재에 진행됩니다. 진행은 과거에 존재하지 않고 미래에도 존재하지 않습니다. 시간의 다툼을 벌이는 현재에만 존재합니다.

안개 낀 날 풍경을 바라보고자 하는데 풍경이 보이질 않습니다. 이때 당신은 어떻게 하시겠습니까? 풍경을 보려면 안개가 걷히길 기다려야지요. 아니면 풍경을 보는 것을 포기하고 돌아서든가.

인생은 이러한 일들이 공공연히 나타납니다. 인내심을 가지고 기다리는 일과 목적을 포기하는 일, 어느 쪽을 선택하는가 할 때 우리가 선택해야 할 것은 기다림인 것입니다. 안개에 가려진 햇빛이 이내 나타날 것이라고 믿는 것이야말로 안개는, 그 뒤편의 하늘을 가릴 수도 있지만 그것이 영원할 수 없다는 것을 아는 사람만이 믿을 수 있고 기다림의 시작을 열 수 있는 것입니다.

쾌청한 햇빛이 나타나 안개를 걷어갑니다. 풍경을 보는 마음이 즐겁고 상쾌합니다. 기다림을 포기하고 돌아선 사람의 마음은 물에 젖은 스펀지처럼 축축하기만 합니다.

자동차를 운전하고 어둠이 사방으로 둘러싼 원추형 터널을 지나다 저 앞에 터널 밖 밝은 세상이 나타나면 마치 내가 지향하고 있는 세상을 발견한 것처럼 나는 감동을 느낄 때가 있습니다. 바로 그런 경우가 아닐까요?

세상의 풍경이 눈에 들어온 순간, 그 짧은 시간에 느껴지는 어떤 계시가 존재하고 있는 듯하여 거기서부터 액셀러레이터를 힘껏 밟게 되는 경험을 여러 번 하였습니다. 이렇듯 밝게 나타나는 사물은 알게 모르게 우리들을 희망차게 합니다.

안개 낀 날, 풍경과 단절된 그 안타까움(절망)이 갑자기 쾌청한 햇빛이 나타날 때 사라지는 것처럼, 어둠이 사방으로 둘러싼 원추형 터널을 지나다 저 앞에 터널 밖 밝은 세상이 나타났을 때의 감동은 우리에게 희망을 안겨줍니다.

오늘은 어제의 내일이었습니다. 그렇다면 오늘의 내일은 우리의 미래가 되겠지요. 당신에게 가장 중요한 때는 현재이고 가장 중요한 일은 그대가 지금 하고 있는 일이며 그대에게 가장 중요한 사람은 그대가 현재 사랑하고 있는 모든 사람들입니다.

모든 일은 현재에 진행됩니다. 진행은 과거에 존재하지 않고 미래에도 존재하지 않습니다. 시간의 다툼을 벌이는 현재에만 존재합니다. 오전에 안개가 덮친 세상이 오후엔 쾌청합니다. 그 햇빛을 지금 나는 곱게 받아들이고 있습니다. 이 시간만이 중요하기 때문입니다.

하루의 시간은 지금이나 백 년 전이나 그보다 훨씬 전에도 똑같았음에도 불구하고 시간이 적다고 말하는 오늘을 그래도 흠모하고 사랑하십시오.

이렇게 사는 사람도 있고 저렇게 사는 사람도 있다고 치부해 버리면 인생에 대하여 어떻게 살아야 한다는 명분은 사라지지만 그래도 역시 인생은 뜻 있게 살아야 한다는 것에는 동의하지 않을 수 없습니다.

봄의 꽃 중에서 민들레는 여행자를 닮았습니다. 민들레는 아무 곳에나 뿌리를 내리고 살아가지만 그곳이 결코 영원히 그곳에서 살아가야 할 자신의 집이라고 정하지는 않습니다. 바람이 불면 언제든 떠날 것을 생각하고 살아가는 민들레는 그래서 여행자라고 말하는 것입니다. 하지만 민들레는 자신이 떠나야 할 숙명을 알고 있으면서 목적지를 알지 못하지요. 목적지를 정해주는 것은 바람일 뿐입니다.

우리도 세상에 태어나 여행을 하면서 살아가는 여행자와 조금도 다르지 않다는 것을 인식합니다. 붙박혀 살아도 그것 또한 여행의 한 과정이라고 생각합니다. 민들레처럼 우리는 생명의 목적지를 향해 가고 있으면서도 그것을 잘 알지 못하지요. 그렇다면 민들레의 목적지를 정해주는 것은 바람일진대, 우리의 목적지를 정해주는 것은 무엇인가요? 이 또한 명상에 잠겨 생각해 볼 일입니다.

만약 내가 눈을 뜰 수 있다면

기도가 필요합니다. 그가 지금 원하는 소망이 이루어질 수 있도록 기도를 합니다. 할 수 있다면 언제까지고 그러고 싶습니다.

헬렌 켈레에 대한 이야기는 누구나 알고 있을 것입니다. 헬렌은 자신에게 유일한 소원이 하나 있다면, 그것은 죽기 전에 꼭 사흘 동안만 눈을 뜨고 세상을 보는 것이라고 했습니다.

만약 내가 눈을 뜰 수 있다면,

눈을 뜨는 첫 순간 나를 이만큼이나 가르쳐준 스승 '앤 설리번'을 가장 먼저 찾아갈 것이다. 지금까지 손끝으로 만져 익숙해진 그 인자한 얼굴, 그리고 그 아름다운 몸매를 몇 시간이고 물끄러미 바라보며 그 모습을 내 마음 깊숙이 간직해 둘 것이다.

그 다음엔 친구들을 찾아갈 것이며, 그 다음에는 들로 산으로 산보를 나가리라. 바람에 나풀거리는 아름다운 잎사귀들, 들에 핀 예쁜 꽃들과 저녁이 되면 석양으로 빛나는 아름다운 노을을 보고 싶다.

다음날 일어나면 새벽에는 먼동이 트는 웅장한 광경을, 아침에는 메트로폴리탄에 있는 박물관을, 그리고 저녁에는 보석 같은 밤하늘의 별들을 보면서 또 하루를 보낼 것이다.

마지막 날에는 일찍 큰 길에 나가 출근하는 사람들의 얼굴 표정을, 아침에는 오페라하우스, 저녁에는 영화관에 가서 영화를 보고 싶다. 어느덧 저녁이 되면 건물의 숲을 이루고 있는 도시 한복판으로 걸어 나가 네온사인이 반짝이는 쇼윈도에 진열된 아름다운 물건들을 보면서 집으로 돌아올 것이다.

그리고 눈을 감아야 할 마지막 순간,

사흘 동안이나마 눈으로 세상을 볼 수 있게 해주신 나의 하나님께 감사의 기도를 드리고 영원히 암흑의 세계로 돌아가리라.

사람에겐 누구나 소원하는 것이 있습니다. 그 소원을 따라 삽니다. 그것이 최고의 바람이며 함량입니다. 소원을 이룰 수 있다면 세상을 다 가질 수 있습니다. 소원을 이룰 수 있다면 세상에 가장 아름다운 여인을 아내로 맞이할 수 있습니다. 소원을 이룰 수 있다면 황금의 침대에 누울 수도 있습니다. 소원을 이룰 수 있다면 알렉산더 대왕이 될 수도 있습니다.

그러나 그런 소원을 다 이룰 수 있다해도 헬렌과 같은 소원보다 더 큰 소원이 있을까요? 가장 절실하여 갈구하는 심정, 여기에 포함된 소원을 우리는 어떤 감정으로 바라보아야 할까요? 소원의 중심 가운데 헬렌의 소원보다 더 간절한 소원은 지금의 나에게 무엇일까요? 건강은 건강 이상의 것을 위해 있다고 하지만 그것은 건강한 사람들이 한가한 의식으로 읊조리는 말이고 나에겐 건강 그 자체만 있으면 더 이상 바랄 것이 없습니다.

'……이룰 수만 있다면.'

이런 문법을 수사로 말하는 사람의 곁에 조용히 다가섭니다. 그 애잔한 소망과 가정에 속한 기도의 숨내가 내 몸을 감싸고 돕니다. 내가 전지전능하다면 그런 그의 소망을 가장 먼저 들어주고 싶습니다.

가만히 그의 손을 잡아봅니다. 피부 한 장을 사이에 둔 그 사이로 따뜻한 온기가 전해져 옵니다. 기도가 필요합니다. 그가 지금 원하는 소망이 이루어질 수 있도록 기도를 합니다. 할 수 있다면 언제까지고 그러고 싶습니다.

'……이룰 수만 있다면.'

희망을 버리지 않는다면

"고통 속에서 죽음을 택하는 것은 가장 쉽고 나태한 방법이다. 죽음은 그리 서두를 것이 못 된다. 희망을 버리지 않는 사람은 반드시 구원을 받는다."

아무리 절망스러운 나날일지라도 희망을 버리지 않는다면 그 절망에서 벗어날 수 있습니다. 분명한 사실입니다. 우리는 여러 각도에서 여러 방면에서 그리고 삶을 통해 이것을 목도했고 경험하기도 했습니다.

아우슈비츠 수용소에 젊고 유능한 한 유대인 외과의사가 나치에 의해 잡혀 들어왔습니다. 그는 가스 실험과 다른 실험을 통해 죽음의 행진을 하고 있는 동족들을 보면서 머잖아 자기 자신도 가스실험의 재물이 될 것을 잘 알고 있었습니다.

어느 날 노동시간에 이 젊은 외과의사는 흙 속에 파묻힌 유리조각 하나를 몰래 주워 바지 주머니에 숨겨가지고 돌아왔습니다. 그리고 그날부터 그는 매일 그 유리조각으로 면도를 했습니다. 동족들이 희망을 버리고 죽음을 기다리며 두려움에 떠는 동안, 그는 독백하듯 이렇게 중얼거렸습니다.

"희망을 버리지 않으면 언젠가는 좋은 날이 올 것이다."

그는 죽음의 극한 상황 속에서도 아침과 저녁, 꼭 두 번씩 면도를 했습니다.

오후가 되면 나치스들이 문을 밀치고 들어와 일렬로 선 유대인들 중에서 그 날 실험으로 처형할 처형자들을 골라냈습니다. 하지만 유리조각으로 피가 날 정도로 파랗게 면도를 한 외과의사는 차마 가스실로 보내지 못했습니다. 왜냐하면 그는 잘 면도된 파란 턱 때문에 삶의 의지에 넘치고 아주 쓸모 있는 사람이라는 인상을 주었으며 그를 죽이는 것은 아직 이르다고 생각하게 만들었던 것입니다.

많은 동족들이 가스실로 보내질 때마다 그는 자신의 비망록에 이렇게 썼습니다.

"고통 속에서 죽음을 택하는 것은 가장 쉽고 나태한 방법이다. 죽음은 그리 서두를 것이 못 된다. 희망을 버리지 않는 사람은 반드시 구원을 받는다."

그 외과의사는 결국 나치스가 완전히 패망할 때까지 살아남았습니다. 살아서 아우슈비츠를 떠날 때 그는 이렇게 말했습니다.

"가스실로 떠난 동족들은 한 번 죽는 것으로 족했다. 하지만 나는 살아남기 위하여 매일 죽지 않으면 안 되었다. 그것을 견디는 일은 죽음 이상의 고통이었다."

어떠한 경우라도 희망을 잃지 않는다는 것은 대단히 중요한 일입니다. 그것은 믿음과 같은 것이지요. 그러나 희망을 살리기까지 그 인고의 다짐과 역경은 말로 표현하기 힘들 정도로 큽니다. 이것을 이겨내는 일, 고통으로부터 그것을 이겨내는 일은 상상하기 힘듭니다.

희망을 버리지 않는 사람은 반드시 구원을 받는다는 그의 비망록 한 구절은 그 어떤 명문보다 감동을 주고 울림을 주지요.

희망을 버리지 않고 그렇게 버틸 수 있었던 그의 의지를 우리는 찬탄하고 또 찬양합니다. 그리고 거기서 우리는 대단한 위로와 용기를 얻습니다. 하늘이 무너져도 솟아날 구멍을 찾게 됩니다. 발견이지요. 이것은 대단한 발견입니다.

어둠에서 빛으로 가는 인간

밝은 것에서 밝은 것으로의 이완은 사실 쉬운 일 같아도 그리 쉬운 일이 아닙니다. 자신의 일을 긍정하고 그 긍정에 어떤 뜻이 주입되었을 때만이 가능한 것입니다.

'잡아함경' 에 나오는 이야기 하나 할게요.

코사라국의 왕 바세나디의 방문을 받은 부처님은 세상에는 네 종류의 인간이 있다고 말씀하셨습니다. 어둠에서 어둠으로 가는 인간, 어둠에서 빛으로 가는 인간, 빛에서 어둠으로 가는 인간, 빛에서 빛으로 가는 인간이 그들이라고 했지요. 우리가 어떤 인간의 유형에 속하는가는 각자의 마음먹기에 달렸지만 그 마음먹기의 길목에서서 우리는 또 한 번 명상에 잠겨봅니다.

그래요, 오늘 이 시간, 나는 어떤 유형에 속하고 있나요? 그것을 알아내봅시다.

어둠에서 어둠으로 가는 인간이 있습니다.

한 줄기 빛도 들지 않는 공간 속에서의 삶입니다. 무엇을 기대할 수 있을까요? 동굴 속에 사는 박쥐도 더러는 밝은 세상을 날기도 합니다. 그런데 어둠에서 어둠으로 가는 삶에는 영원한 암흑만 존재할 뿐입니다.

어둠에서 빛으로 가는 인간.

희망을 찾아가는 길입니다. 비록 어둠일지라도 빛을 향해 걸어가는 그 향광성의 사람, 그 의식 속에는 머잖아 맞이할 빛의 세계가 예정되어 있습니다.

빛에서 어둠으로 가는 인간.

절망의 늪에 빠져드는 사람입니다. 지금은 비록 빛의 속에 있더라도 머잖아 그의 삶에는 어둠이 찾아들겠지요. 반광성의 사람, 어둠속에서 방황하며 살아가게 됩니다.

빛에서 빛으로 가는 인간.

이런 사람이 있다면 나는 그 사람에게 다가가 인사를 할 것입니다.

다음의 이야기에서 우리는 어쩜 빛에서 어둠으로 가는 인간과 빛에서 빛으로 가는 인간의 전형적인 모습을 볼 수 있지 않을까요?

파리 노트르담 대성당에서 세 사람의 공장工匠이 함께 일을 하고 있었습니다. 세 사람 가운데 한 사람은 무기력한 사람으로 하고 있는 일을 물어보면 아주 짜증이 난다는 표정으로 대꾸하곤 했습니다.

"나는 돌을 다듬고 있는 장인이지만 먹기 위해서 일하고 있는 것이오. 그럴 이유만 없다면 이런 일은 당장이라도 때려치울 텐데, 그럴 수도 없고 짜증이 납니다."

또 한 사람이 하는 일은 성당에 쓸 목재를 다듬는 일이었습니다. 그 사람도 일에 무관심해서 늘 불평을 하고 있었지요. 자기가 하고 있는 일이 싫증이 나서 항상 찡그리며 일을 하고 있었습니다.

세 번째 사람의 일은 다른 두 사람에 비해 훨씬 단순해서 다른 사람이 다듬은 돌이나 자른 재목을 운반하는 것에 지나지 않았지만 노래를 부르고 휘파람도 불면서 항상 기분 좋게 일하고 있었습니다. 그러자 다른 두 사람이 이 사람에게 다가가 물었습니다.

"우리는 일이 하기 싫어 죽겠는데 당신은 어째서 그런 하찮은 일을 하면서도 즐겁게 일을 하는 건가? 뭐가 그리 좋아 싱글벙글인가?"

그 말을 들은 사람이 싱긋이 웃으며 대답합니다.

"이게 하찮은 일이라고? 지금 우리는 대성당을 짓고 있질 않은가? 그런데도 자네들은 이 일을 하찮은 일이라고 생각하나?"

그 사람은 자신이 하는 일이 대성당을 짓고 있는 일이라 생각하고 있었던 것입니다. 큰 계획 중에서의 그의 역할은 아주 작은 것일는지 모르지만 그래도 그 사람은 대성당을 짓는데 꼭 필요한 존재였으며 그 사람이 없으면 또는 그 사람이 하던 일을 할 사람이 없으면 대성당은 준공이 안 되었을 것이 틀림없습니다. 그 사람은 그것을 알고 있었던 것입니다.

사람은 어떠한 일을 하고 있는가 그것은 큰 문제가 되지 않습니다. 어떻게 그 일을 하고 있는가에 의해서 그 일은 충실한 것이 되고 인간의 기쁨이나 자기와 그리고 사회적 가치도 결정되는 것입니다.

밝은 것에서 밝은 것으로의 이완은 사실 쉬운 일 같아도 그리 쉬운 일이 아닙니다. 자신의 일을 긍정하고 그 긍정에 어떤 뜻이 주입되었을 때만이 가능한 것입니다.

우추프라카치아

당신은 누구의 우추프라카치아라고 생각하십니까? 당신은 누가 당신의 우추프라카치아라고 생각하십니까?

우추프라카치아는 일반에게 잘 알려지지 않은 식물로 아프리카 깊은 밀림에서 공기 중에 소량의 물과 햇빛으로만 사는 음지 식물과의 하나입니다. 이 식물은 사람들에게 결벽증이 강한 식물로 인식되고 있습니다. 누군가 혹은 지나가는 생물체가 조금이라도 자신의 몸체를 건드리면 그날로부터 시름시름 앓다가 결국 얼마 지나지 않아 죽고 만다는 식물입니다. 결벽증이 강해 누구도 접근하기를 원하지 않는 것으로 알았던 식물, 그것이 바로 우추프라카치아입니다.

이 식물에 관심을 가지고 연구한 박사가 있었는데 몇 십 년을 연구한 끝에 그가 이 식물에 대해 알아낸 것은 이 식물은 어제 만졌던 사람이 내일도 모레도 계속해서 만져주면 절대로 죽지 않는다는 것을 발견해낸 것이었습니다. 이러한 것으로 미루어 보아 그동안 사람들이 결백하다고만 생각했던 이 식물은 오히려 한없이 고독한 식물이 아니었나 생각됩니다.

누군가가 건드리면 금방 시들해져 죽어버리는, 그러나 한 번 만진 사람이 계속해서 애정을 가지고 만져주면 살아갈 수 있다고 하는 식물, 당신은 누구의 우추프라카치아라고 생각합니까? 당신은 누가 당신의 우추프라카치아라고 생각합니까?

내가 누군가에게 지속적인 관심과 애정을 줄 수 있다는 것, 또는 누군가 나에게 지속적으로 애정과 관심을 보이고 있다는 것, 우리는 그것을 잃어버리기 전엔 그 애정과 관심의 소중함을 잘 모릅니다. 오히려 우리는 그러한 관심과 애정을 부담스러워하기까지 합니다.

어느 날 우리에게 그것이 사라졌을 때 비로소 그 소중함을 기억하게 됩니다. 가까이 있어서 소중한 것, 평범한 일상 속에 있어서 소중함을 잘 모르는 것, 이제 우리는 그런 것들을 찾아서 좀 더 아끼고 지켜나가야 할 때가 아닌 지 묻고 싶습니다.

애정의 결핍시대가 오면 인간은 외로운 식물처럼 됩니다. 내가 먼저 관심과 애정을 보이고 상대가 그에 반응하면 그보다 더 좋은 관계가 없을 것 같아요. 외로움과 고독을 털어버리는 일입니다. 고립에서 벗어나고 생명력이 살아나서 세상의 광장 한 가운데 서는 일입니다.

다시 한 번 말합니다. 그리고 묻습니다.

누군가가 건드리면 금방 시들해져 죽어버리는, 그러나 한 번 만진 사람이 계속해서 애정을 가지고 만져주면 살아갈 수 있다고 하는 식물, 당신은 누구의 우추프라카치아라고 생각하십니까? 당신은 누가 당신의 우추프라카치아라고 생각하십니까?

나는 그런 아버지가 되고 싶습니다

부모가 자식을 생각하는 마음은 영원합니다. 그 어떤 경우라도 멈춰지거나 생략되지 않습니다. 그래서 자식은 운명인 것입니다.

가족은 너무도 소중합니다. 가족이란 울타리는 고통을 부인하는 장소입니다. 세상에 가족의 품보다 따뜻한 곳은 없습니다. 배우자를 사랑하고 자식을 사랑하고 부모와 형제를 사랑하고 이들에게 맞물린 많은 사람들을 사랑합니다. 가족은 그와 운명을 같이 한다는 절박한 심정과 동행을 해야 합니다. 자식은 부모한테서 운명이니까요.

나는 자라면서 내 어머니의 모습 중에서 가장 익숙했고 가장 많이 보아왔던 것은 어머니의 등, 뒷모습이었습니다. 나에게 어머니는 의지해야 할 사람이 아니라 의지할 필요가 없는 사람으로 만들어주는 그런 사람이었습니다. 모든 것을 다 알아서 해주었기 때문입니다.

부모에게 자식은 운명입니다. 그래서 자식을 위해선 자신의 생명마저 내어 줄 수 있는 어버이가 됩니다. 아낄 것이 없습니다. 부모가 자식을 생각하는 마음은 영원합니다. 그 어떤 경우라도 멈춰지거나 생략되지 않습니다. 그래서 자식은 운명인 것입니다.

자식에게 부모는 추억입니다. 자식이 늦게 들어오면 어머니는 시계를 쳐다보고 아버지는 현관문을 쳐다봅니다. 모든 것을 다하여, 모든 정신세계가 자식을 위한 일에 포함됩니다. 그런 부모가 세상을 떠났을 때 자식은 그런 부모를 추억하면서 그리워하게 됩니다.

자식들이 부모를 추억하면서 하는 말입니다.

"나도 좋은 가정을 이끌고 자식을 내 생명처럼 아끼고 사랑하는 좋은 아버지(어머니)가 될 것입니다. 저의 아버지같이."

만일 자식들에게서 이런 말을 들을 수 있다면 그 아버지는 세상에서 가장 행복한 삶을 살다 간 것입니다. 그리고 부모다운 삶을 살다 간 것입니다.

저의 아버지같이……

세상에 이 말보다 더 훌륭하고 감동스러운 찬사가 있을까요? 눈물이 납니다. 그런 아버지가 된다면 세상에 이보다 더 나은 행복을 알지 못할 것 같습니다.

부모는 자식에게 그저 잔상으로 남아서는 안 됩니다. 만일 잔상에 그치게 된다면 부모의 존재는 금방 잊히게 됩니다. 잊혀지는 사람처럼 불행한 사람은 없습니다.

어느 사람에게 두 아들이 있었습니다.

작은 아들이 말했습니다.

"아버지, 제가 받아야 할 재산의 몫을 나눠주십시오."

그러자 아버지는 자신의 재산을 두 아들에게 공평하게 나누어 주었습니다.

큰 아들은 아버지에게 물려받은 재산을 그대로 간직하며 아버지가 하던 일을 묵묵히 도우며 살고 있었고 작은 아들은 얼마 지나지 않아 아버지의 만류에도 불구하고 자기 재산을 가지고 먼 나라로 여행길에 올랐습니다. 그리고 거기서 방탕한 생활로 몸을 망치고 재산을 다 날려버렸습니다.

그 뒤 그 지방에는 심한 기근으로 인해 그는 제때 끼니를 잇지 못하게 되었습니다. 그래서 그 지방의 지주에게 가서 간청을 했더니 그 지주는 그를 밭으로 나가서 돼지 떼를 돌보아 주도록 했습니다. 그는 돼지가 먹는 콩으로라도 굶주린 배를 채웠으면 하는 정도였지만 먹을 것을 주는 사람은 아무도 없었습니다.

그때 비로소 그는 제 정신으로 돌아와서 다음과 같이 생각하였습니다.

'아버지가 계시는 데서는 많은 일꾼들에게 먹을 것이 남아돌 정도였는데 나는 여기서 굶어 죽게 되었구나. 아버지에게로 돌아가자. 그리고 용서를 빌자.'

그는 면목이 없었지만 결국 아버지에게로 돌아가기로 굳게 마음먹었습니다.

그러나 아버지의 집이 가까워 오자 그는 도저히 더 이상의 발걸음을 떼지 못하고 멈춰서고 말았습니다. 그런 그를 멀리서 그의 아버지는 아들임을 금세 알아차리곤 달려와 아들을 얼싸안고 기쁨의 눈물을 흘렸습니다. 이런 아버지에게 아들은 눈물을 흘리며 용서를 빌었습니다.

"아버지, 이 못난 아들을 용서해 주십시오. 저는 아버지의 아들이라 불릴 자격도 없습니다. 그저 아버지가 고용한 일꾼이라 생각하시고 저를 받아주십시오. 부탁입니다, 아버지."

그러자 아버지는 주위의 일꾼들에게 일렀습니다.

"서둘러서 제일 좋은 옷을 가져와라, 그리고 살찐 송아지를 끌어내다 잡아라. 잔치를 하면서 이 기쁨을 즐기자. 내 아들은 죽었었는데 다시 살아났고 내 아들을 잃어버렸었는데 다시 찾았으니 오늘처럼 기쁜 날이 없다. 자, 어서 서둘러라."

아버지는 자신의 곁을 떠나 거지가 되어 돌아온 아들에게 잔치를 베풀어 주면서 기쁨을 감추지 못하였습니다. 이를 바라보는 큰아들의 얼굴에도 기쁨의 표정이 가득하였습니다.

가족은 그런 것입니다. 아버지는 그런 사람입니다. 나는 이런 아버지가 되고 싶습니다.

나도 아버지입니다. 어쩜 당신도 그럴 것입니다. 이런 아버지이기 위해서 애써 노력하진 않습니다. 자연스러운 과정에서 그런 아버지이기를 바라기는 합니다. 문득 영화의 각본인《아버지의 존재》라는 작품이 생각납니다. 아버지와 아들이 참으로 자연스럽게 조금도 꾸밈없이 마음과 마음이 서로 융화하는 따뜻한 정리를 담고 있는 작품입니다.

주인공은 아들과 단둘이서 가정을 꾸려나갔습니다. 부인은 이미 죽고 없었습니다. 그는 중학교 교사였지만 소풍 중에 한 학생이 사고로 사망하였기 때문에 책임을 지고 사직을 하였으며 중학생인 아들은 아버지와 헤어져서 기숙사 생활을 합니다. 그리고 지방대학을 졸업한 뒤에도 아버지가 계신 도시에서 멀리 떨어진 시골 중학교 교사가 되지만 계속 혼자 지내는 외롭고 괴로운 생활을 할 수밖에 없었습니다.

어느 해 늦은 가을에 아버지와 아들은 함께 어느 온천장에서 오래간만에 둘만의 시간을 보내게 되었습니다. 그날 밤 식사 후에 아들은 아버지를 보고 주저하면서 자기가 진심으로 바라는 마음속을 털어놓습니다.

"아버지, 저는 중학교 시절 기숙사 생활을 할 때부터 아버지와 함께 살았으면 하고 기대해 왔었습니다. 이번에야말로 함께 살 수 있으리라 생각했더니 또 시골로 근무지가 결정되고 말았습니다. 저는 이제 아버지와 떨어져 사는 것이 견딜 수 없는 일이 되었습니다. 그래서 교사생활을 그만두고 아버지 곁에서 살며 새로운 직업을 찾아볼까 하는데 아버지 생각은 어떠세요?"

그러자 아버지는 진지하게, 아들을 바라보면서 이렇게 말합니다.

"그건 안 된다. 나도 혼자 사는 것이 외로워 너와 함께 살고 싶다. 그러나 그건 네 일과 아버지의 바람과는 전혀 다른 문제다. 어디서 어떤 일을 하든지 네가 애초 선택했던 일은 천직이라고 생각해야 한다. 사람에겐 저마다 분수라는 게 있질 않느냐. 그 분수는 누구라도 지키지 않으면 안 된다. 끝까지 해나가야만 한다. 사적인 사정이 용납이 되지 않는 법이다. 할 수 있는 데까지 해내야 한다. 더구나 네가 하는 일은 보람을 느낄 수 있는 훌륭한 일이다. 너는 많은 학생들을 맡고 있지 않느냐. 부형들은 고생을 해가면서 그 귀중한 아이들을 네게 맡기고 있다. 네가 하는 일은 아무리 작은 일이라도 학생들에게 영향을 준다. 경솔하게 생각해선 안 된다. 책임이 중한 큰 직책이다. 아버지는 못했지만 네가 그것을 해내지 않으면 안 된다. 아버지 몫까지 해내야 한다. 꼭 해내야지, 보고 싶으면 이렇게 만나 볼 수 있지 않느냐? 이 정도면 만족스러운 것이다. 서로가 할 수 있는 일을 제대로 다 하고 있으니 즐겁지 않느냐? 어떠냐, 이 정도로 좋지 않으냐?"

아버지는 아들을 가볍게 껴안으며 등을 토닥여 주었습니다.

나는 그런 아버지가 되고 싶습니다.

제3부

'우리는 왜 사는가?'

우리가 살아가면서 순간순간 자신에게

묻는 가장 깊이 있는 질문이기도 합니다.

하지만 그 물음에

명쾌한 대답을 할 수 있을까요?

신발 속으로 들어온 작은 모래

슬픔은 나지막하게, 고통은 천천히 참아낼 수 있는 것이어야 합니다.

영화 '바람과 함께 사라지다'의 마지막 대사를 기억하십니까? 뒤늦게 사랑을 깨달았을 때 떠나는 연인의 뒤에서 여주인공 스텔라는 이렇게 읊조립니다.

"그래, 내일 생각해야지. 내일은 내일의 태양이 다시 떠오를 거야."

자기 처지를 위로하는 말로 이보다 더 극적인 말은 없을 거란 생각입니다. 그러나 여기서 우리는 내일은 내일의 태양이 떠오를 것이란 말이 자조 섞인 그야말로 현재의 슬픔과 고통에서 벗어나기 위한 수사로 사용되어선 안 됩니다. 현재의 슬픔과 고통을 잊고 미래의 희망으로 전개해 나가기 위한 수사여야 합니다.

슬픔은 나지막하게, 고통은 천천히 참아낼 수 있는 것이어야 합니다. 슬픔과 그 고통의 내면을 가만히 들여다보면 의외로 아주 작고 사소한 것에 기인한 것을 볼 수 있습니다.

오랜 날에 사막의 여행을 마치고 돌아온 사람이 있었습니다. 그에게 신문기자들이 몰려와 인터뷰를 하였습니다. 첫 질문은 사막여행을 하는데 있어서 당신을 가장 괴롭혔었던 것이 무엇이냐는 것이었습니다. 그러나 여행자는 무언가 곰곰이 생각하는 듯했지만 말이 없었고 그러자 한 기자가 구체적인 내용을 곁들여 물었습니다.

"뜨겁게 내리쬐는 햇볕과 물 한 방울 없는 사막을 혼자 외롭게 횡단하는 것이었습니까?"

그러자 여행자는 고개를 천천히 저으며 대답하였습니다.

"아닙니다."

"그렇다면 험하디 험한 사막을 헤쳐 나오면서 체력의 한계를 느꼈던 것이었습니까?"

"아닙니다."

"그렇다면 사막은 낮과 달리 밤의 기온이 엄청나게 낮다고 하는데 밤의 추위였나요?"

그러나 여행자는 고개를 저으면서 신문기자들을 향해 무겁게 입을 열었습니다.

"여러분들이 생각하는 그런 것들은 제가 사막을 여행하는데 전혀 문제가 되지 않았습니다. 나를 정말로 끊임없이 괴롭히고 고통스럽게 한 것은 신발 속으로 들어온 작은 모래, 몇 알이었습니다."

우리가 상상했던 것과는 달리 사막을 횡단하는데 있어 그를 가장 괴롭혔던 것이 지극히 작은 모래 몇 알이었다는 것을 두고 당신은 어떤 생각이 드나요? 이글거리는 태양도 아니었다 하고, 그 아래 모래사막을 걷는 에너지의 손실도 아니고 참을 수 없는 추위도 아니고 그저 작은 모래 몇 알이 준 고통이 가장 견디기 힘들었다니 많은 것을 생각하게 합니다.

이렇듯 한없이 작은 일도 가장 큰 고통을 느끼게 할 수 있다는 것을 생각해 보면, 고통의 정도가 큰 것이나 작은 것이나 당면한 문제에 똑같은 문제로 등장한다는 것을 알게 합니다.

우리의 삶에서도 마찬가지겠지요. 사람들은 객관적인 문제를 통해 상대를 쉽게 평가하고 단정합니다. 정작 상대는 남들이 생각하는 고통을 대수롭지 않게 생각할 수도 있고 별스럽지 않다고 생각한 작은 고통도 상대는 가장 큰 고통으로 여길 수도 있는 것 아니겠습니까? 그러니까 객관의 문제가 아니고 주관의 문제라는 것이지요.

그래서 타인의 일을 내 생각에 의해 간단하게 정리되면 안 됩니다. 내가 모르고 내가 느끼지 못하는 것들이 그 누군가에게는 심각하고 대단한 것이 될 수 있으니까요.

소를 몰고 가는 목동을 보았느냐?

현재 내가 처한 운명을 모르고 단지 살아있다는 것에만 자족하면서 살아감은 형편없는 감각입니다. 인간의 감각으론 가장 낮은 수준의 감각입니다.

사람은 알고 보면 태어나면서 늙어가고 있는 것이며 죽음의 길로 점점 다가가고 있는 것이 분명합니다. 하지만 그러한 사실을 깨닫기에는 그럭저럭 많은 세월을 덧없이 흘려보낸 뒤에나 깨닫게 되니 사람들이 한결같이 인생이 무상하다고 말하는 것도 무리는 아니라고 생각합니다.

우리들은 생명도 재산도 건강도 행복도 끝내 소유하지 못할 것을 뻔히 알고 있으면서도 악다구니 쓰듯 움켜쥐려고만 합니다. 움켜쥐다 나락처럼 떨어지는 그것들을 한없이 슬퍼하고 아까워하면서 쥘 수 없는 자신의 한계를 탓하면서 한숨을 짓고 눈물을 지으며 때론 단말마적인 비명을 지르기도 하지요.

우리에게 정작 필요한 것이 무엇이던가요? 살펴보면 별로 많은 것이 필요치 않은데 그야말로 죽으면 빈손이고 걸치는 베옷으로 족해야 하는데 누울 공간 이상을 차지하지 못하는데 말이지요.

부처님이 공양을 받고 라열기 성에서 나오는데 한 목동이 소떼를 몰고 성 안으로 들어가고 있었습니다. 소들은 좋은 목동을 만나 맛있는 풀을 많이 먹어선지 살이 잔뜩 졌으며 배부름이 즐거운 듯 이리저리 뛰며 장난을 치고 있었습니다. 이를 물끄러미 바라보던 부처님이 게송을 읊었습니다.

목동이 막대기를 들고
풀밭에 가서 소에게 먹이를 먹이듯
늙음과 죽음 역시
사람의 목숨을 몰고 간다네.

부처님이 처소로 돌아오자 제자 아난이 물었습니다.

"아까 성 안에서 나오시다가 게송을 읊으셨는데 그 뜻이 무엇입니까?"

"아까 너도 소를 몰고 가는 목동을 보지 않았느냐?"

"보았습니다."

"그 소들의 주인은 백정이다. 본래 천 마리였는데 초원에 데리고 가 풀을 잔뜩 먹여 살을 찌우게 한 다음 하루에 한 마리씩 잡아 지금은 절반인 오백 마리 밖에 남질 않았느니라. 그런데 살아있는 남은 소들은 그 사실을 모르고 그저 배부른 것만 좋아 이리 뛰고 저리 뛰면서 즐거워하고 있다. 그 모습이 불쌍하여 게송을 읊은 것이다.

그러나 아난아, 그런 것이 어찌 저들 소떼뿐이겠느냐? 세상 사람들도 저와 하나도 다르지 않다. 항상 '나' 에 집착하여 무상의 도리를 알지 못하고 서로 해치고 죽이기 일쑤이다. 죽음은 아무런 예고 없이 다가오고 있는데도 사람들은 이를 깨닫지 못하고 있으니 저 소떼와 다를 것이 무엇이겠느냐?'

사람과 짐승의 차이는 바로 그러한 것인데 사실 부처님의 말씀처럼 우리 인간들은 그러한 것을 깨닫지 못하고 있으며 현재에 자족하고 나만 좋으면 그만인 것처럼 삶을 살아가고 있습니다.

세상에 태어나면 인간에겐 누구나 수명의 공평함이 내려집니다. 물론 중간에 이런저런 이유로 해서 세상을 떠나는 경우도 있지만 거의 인간이 지닌 수명은 비슷합니다. 그것은 또한 짧다는 것을 분명히 인지할 일이구요.

소떼들과 다른 나를 찾아야 합니다. 현재 내가 처한 운명을 모르고 단지 살아있다는 것에만 자족하면서 살아감은 형편없는 감각입니다. 인간의 감각으론 가장 낮은 수준의 감각입니다. 그 낮은 감각으로 한번뿐인 내 인생을 그야말로 소금에 절일 수는 없습니다.

내가 어떻게 살아야 할 것인가를 생각할 시간을 갖는 일이 중요합니다. 더더욱 중요한 것은 어떻게 살아야 올바로 사는 것인가를 깨닫는 일입니다.

마음이 가난한 자의 행복

나는 이렇다 하는 것을 아무 것도 갖지 못했지만 현세의 행복을 한 번도 바란 적이 없습니다. 이것으로 만족하고 있으니 그밖에 더 무엇이 필요하겠습니까?

옛날 아누시르완이라는 행실이 올바른 왕이 있었습니다. 왕은 나라와 백성을 위하는 일이라면 온 몸을 다 바쳐 성심껏 일하였습니다.

어느 날 왕은 일부러 병에 걸린 것처럼 자리에 누워 끙끙 앓는 시늉을 하였지요. 그리고는 재정관과 모든 감독들을 불러들여 말했습니다.

"보다시피 나는 지금 중한 병을 앓고 있다. 의사의 말이 황폐한 마을에 버려진 흙 기와가 약 처방에 소용이 된다고 하니 그대들은 어서 나가 전국 방방곡곡을 뒤져서라도 그것을 꼭 구해다 주기 바라오."

"예, 알겠습니다."

가신들은 왕이 다스리고 있는 여러 지방을 찾아다니다가 며칠 후에 모두 어깨가 축 늘어져 힘없이 돌아왔습니다.

"전국 방방곡곡을 샅샅이 뒤졌습니다만 어디를 가도 황폐한 땅이 없을 뿐 아니라 흙 기와가 굴러다니는 것도 발견하지 못했습니다."

이 말을 듣고 왕은 대단히 기뻐하며 알라신께 감사의 기도를 드렸습니다.

"오, 신이시여! 내가 꾀병을 부린 것은 내가 다스리는 나라를 조사하기 위하여 일부러 그랬던 것입니다. 만약 어딘가에 황폐한 땅이 있다면 개간하여 다시 사람이 거처를 잡아 살도록 할 생각이었습니다. 그러나 어디를 찾아보아도 사람이 살지 않는 황무지는 없었습니다. 나의 정치는 이와 같이 만족하게 행해지고 있습니다. 질서도 바르고 백성도 늘었습니다."

아누시르완 왕은 늙어 죽을 때까지 선정을 베푸니 온 나라는 화평하고 즐거웠습니다.

그 후 백 년의 세월이 흘렀습니다.

어느 날 동서를 지배하는 대왕인 이스칸다르 알카르라인이 여행을 떠났습니다. 이곳저곳을 여행하던 중 어느 해질 무렵 한 조그만 마을에 다다르게 되었지요. 그 마을 사람들은 현세의 행복이라는 것을 갖지 못하고 자기들의 무덤을 집 앞에 파놓고는 밤낮 성묘를 하며 먼지를 털고 깨끗이 손질하고 거기서 기도를 드리거나 전능하신 알라를 찬양하며 지냈습니다. 그 사람들의 음식이란 땅에서 나는 잡초뿐이었지요. 이를 이상하게 여긴 이스칸다르는 사자를 보내 부족의 추장을 불러오게 하였지만 추장은 '나는 그런 사람에게 볼 일이 없다' 며 오지 않았습니다.

그러자 이스칸다르가 몸소 찾아가 말했습니다.

"안녕하시오? 그런데 당신네들은 대체 어떤 사람들입니까? 보아하니 재물은 하나도 없고 이 세상의 행복과 관련된 것들은 하나도 없어 보이는데 말이오."

그러자 추장이 말했습니다.

"세상에서 행복을 마음껏 맛볼 사람이 있습니까?"

"무덤을 왜 문밖에다 파두었소?"

"우리들의 눈에 잘 띄게 하기 위해서지요. 무덤을 보면서 죽음에 대해 토론을 하고 늘 생각하며 잊지 않고 있답니다. 그리고 어떤 일이 있더라도 내세를 잊지 않으려 하고 있습니다. 이렇게 하고 있으면 현세에 대한 집착심은 깨끗이 사라지고 마음이 흐트러지는 일 없이 진심으로 전능하신 주님께 종사할 수 있지요."

"그러면 어째서 풀을 먹고 있소?"

"우리들의 배를 짐승의 무덤으로 만들기 싫어서지요. 그리고 음식을 먹는 즐거움은 위로 들어갈 때까지 뿐이니까요."

추장은 팔을 뻗어 사람의 두개골을 하나 집어서 이스칸다르 앞에 놓으며 말합니다.

"오, 이스칸다르여, 당신은 이 두개골이 누구의 것인지 아십니까?"

"모릅니다."

"이 두개골은 현세의 왕 중 왕이라 일컬어지던 사람의 것인데 그는 신하들, 특히 약한 자를 학대하고 이 현세의 쓰레기를 모으는데 나날을 소비하였으므로 마침내 알라께 영혼을 뽑혀 지옥의 불속에 영원히 머무르게 되었습니다. 이게 바로 그 왕의 두개골입니다."

추장은 그리곤 또 다른 두개골을 내보이며 물었습니다.

"이건 누구의 두개골인지 아십니까?"

"그것도 모르겠소."

"이것도 왕의 두개골입니다. 아누시르완이라는 이름을 가졌던 이 왕은 자기 부하를 사랑하고 영내의 백성들을 모두 자기의 자식들을 보살피며 아껴주었습니다. 그래서 알라는 이 왕의 영혼을 뽑아 즉시 자기 화원에 살게 하고 천국에서도 최고의 지위에 앉혔습니다." 추장은 이번에는 이스칸다르의 머리에 두 손을 얹더니 말했습니다.

"그 두 개 중 하나를 선택하라면 어느 것을 선택하시겠습니까?"

이 말을 듣자 이스칸다르는 흐느껴 울며 추장을 포옹하며 말했습니다.

"당신이 나와 함께 가 준다면 대신으로 삼아 내 나라의 정치를 맡게 하고 나라를 둘이서 나누어 통치하고 싶소."

그러나 추장은 고개를 저으며 말했습니다.

"저에게는 그런 것이 아무 소용없습니다."

"어째서 말이오?"

"당신은 모든 사람에게서 적대시 당하고 있습니다. 당신의 부나 영토는 모조리 사람들과 싸움에 이겨서 빼앗은 것이니까요. 그런데 그 사람들은 당신의 적이지만 나에게는 모두 참된 친구들이지요. 나는 가난해도 만족하며 살고 있습니다. 나는 이렇다 하는 것을 아무 것도 갖지 못했지만 현세의 행복을 한 번도 바란 적이 없습니다. 정말로 그런 욕심도 소망도 없지요. 이것으로 만족하고 있으니 그 밖에 더 무엇이 필요하겠습니까?'

이스칸다르는 포옹한 추장의 눈과 눈 사이에 입을 맞춘 다음 눈물을 흘리며 총총히 그 자리를 떠납니다.

당신 자신만 살아 있으면 된다

내 인생은 무엇을 목적으로 하였으며 우리는 그간 오로지 소유욕에 불타는 욕망의 그늘에서 살아왔던 것은 아니었을까?

레오 버스카글리아 교수가 들려준 이야기입니다.

캄보디아에서 내겐 아주 재미있는 경험이 있었다.

외국에서 온 관광객들은 캄보디아에 가면 당연히 앙코르 와트를 들러본다. 앙코르 와트는 신비스러움을 간직하고 있었고 그 자체로 장관이 아닐 수 없다. 거기서 나는 프랑스 여인 한 사람을 만났다. 그 여인은 그 땅을 너무 사랑하여 프랑스가 캄보디아를 버리고 떠난 후에도 눌러앉아 살고 있었다. 그녀는 캄보디아의 준 시민으로 지내며 진정으로 그 땅의 사람들을 사랑하고 있었다.

"레오, 당신이 정말 이 사람들을 알고 싶으시다면 앙코르 와트가 아니라 이들이 사는 마을을 찾아가세요. 마을에 가야만 이들을 발견할 수 있어요."

그래서 나는 그녀의 자전거를 빌려 타고 마을을 찾아갔다. 캄보디아는 통레 삽이라는 거대한 호수를 끼고 있고, 많은 주민들이 호

수 근처에서 일을 하거나 고기를 잡아먹으며 살았다. 내가 찾아간 마을은 호숫가에 있었다.

캄보디아의 기후는 혹독하기로 유명하다. 매년 절반은 장마가 지며 그 장마는 항상 모든 것을 휩쓸고 가 강과 호수 속으로 처넣는다. 그러니 오래 살 수 있는 튼튼한 집을 지을 필요가 없다. 아무리 튼튼한 집을 지어도 내년에 올 장마에 깨끗하게 쓸려 갈 것이니까. 그래서 이 땅의 사람들은 누구나 다 조그마한 오두막을 짓는다. 여행자들은 그런 오두막 옆을 지나가며 말한다.

"세상에, 어떻게 저렇게 가난할까? 저런 허름하고 누추한 오두막에서 살다니."

그러나 실은 여행객들이 생각하는 것처럼 그렇게 허름하고 누추하지 않다. 그들은 자기의 집을 부끄러워하지 않는다. 기후와 문화에 딱 들어맞게 지은 집이기 때문이다.

내가 마을을 찾아갔을 때 마을 사람들은 모두 모여서 곧 닥쳐올 장마에 대비하고 있었다. 그들은 커다란 뗏목 집을 만드는 중이었다. 장마가 와 오두막이 쓸려나가면 모두들 뗏목 집에 올라 6개월간을 지낸다. 한 뗏목에 대여섯 가구가 모여 같이 밥을 해먹고 같이 놀며 산다. 비가 걷히면 그들은 다시 오두막을 짓고 분가해 나간다.

만일 로스앤젤레스에 그와 같은 장마가 온다면 무슨 일이 벌어질까? 시민들은 무엇을 들고 나올까? 로마에서 사온 비싼 꽃병? 아마 매우 드라마틱한 장면이 펼쳐질 것이다.

로스앤젤레스에서 있었던 대화재 사건이 생각난다. 화재가 일어났을 때 로스앤젤레스 타임스는 몇 장의 사진을 실었다. 그 사진들은 보기에 따라 끔찍하고 고통스러운 내용이었지만 내가 발견한 것은 도무지 이해할 수 없는 사진이었다. 한 사진 속의 여인은 두 팔에 가득 공책 더미 같은 것을 안고 뛰쳐나와 거리를 달리고 있었다. 그녀의 집은 활활 타서 사그라지고 있었다. 나는 생각했다. 어떤 공책이기에 그토록 소중한가? 나는 이 사진을 내가 가르치고 있는 학생들에게 보여주며 물었다.

"이 사진 속의 여인이 안고 달리는 이것들은 무엇이라고 생각하나요?"

그러자 학생들은 소리를 합쳐 '수입세 장부' 라고 대답했다.

또 한 여인은 그 화재 때 증권 도장을 들고 뛰어나왔다. 그녀는 후에 '왜 하필이면 내가 이 사소한 도장을 들고 뛰어나왔는지 모르겠네요.' 하며 깔깔거리고 웃었다.

그들은 무엇이든 손에 잡히는 대로 가지고 나오지 않으면 속이 차지 않는다. 무엇이든 내가 가지고 있던 것을 건져내야 한다는 소유의식의 한 파편이다. 그러나 실은 그럴 필요가 없다. 당신 자신만을 건지면 그것으로 다 된 것이다. 화재가 나고 장마가 져도 당신 자신만 살아 있으면 된다. 이 세상 무엇보다도 중요한 당신 자신을 건지면 된다.

나는 레오 버스카글리아 교수가 들려준 이 말을 듣고 많은 것을 생각하게 되었습니다.

우리는 어떻게 살아왔는가? 내 인생은 무엇을 목적으로 하였으며 우리는 그간 오로지 소유욕에 불타는 욕망의 그늘에서 살아왔던 것은 아니었을까? 긴박한, 목숨이 소중한 그때에도 무엇인가 움켜

쥐고서 건져내려는 그 심사가 그들 삶에 어지러웠던 지도를 그려왔던 것은 아닐까?

겉으로 드러난 삶의 모습으로 그 사람을 재단하려는 우리들의 문명은 얼마나 속되고 또 속된 것일까?

내 나이쯤에서 바라보아도 그런 것들이 얼마나 불필요한 욕망인가를 가늠할 수 있는데 나보다 저쯤 더 멀리 저기에서 살아가는 사람들의 아직도 버리지 못하는 그 욕망은 언제쯤 털어버릴 수 있겠는가? 이미 타성이 되어 버려 영원히 간직할 수밖에 없는 것들이라면 그 짐의 무게가 그들 어깨에서 비듬 떨어지듯 떨어질 때는 아마도 들숨과 날숨의 거친 숨소리와 불규칙한 맥박과 함께 어느 날이 세상과 송별할 그 날이 되지 않을까?

그렇게 생각하였습니다.

그 사람의 어머니를 알고 있습니다

나는 지금 낯익은 시장의 구석진 자리에 말없이 서 있다. 그곳엔 나의 어머니가 예전에 그랬던 것처럼 늙으신 할머니가 몇 가지 나물과 채소를 팔고 있었다. 지금 저 할머니가 장사하는 이 시장 귀퉁이는 나의 어머니가 평생을 장사하시던 곳으로 나는 지금 눈보라와 세찬 비바람을 맞으면서 한결같이 이 자식을 키워 오신 어머니의 하늘과 같은 은혜를 생각하고 있다.

"장사를 나갔다 올 테니까 밥을 꼭 챙겨 먹도록 해라. 엄마가 밥상을 차려놓았으니까."

그러나 나는 어머니의 말을 제대로 듣는 날이 없었다. 절룩거리는 다리, 남루한 옷차림, 그리고 지긋지긋한 가난, 나의 숨겨진 반항은 언제나 어머니의 가슴을 아프게 했지만 나의 불만은 좀처럼 사라지지 않았다.

내가 어머니로부터 들은 이야기로는 부모님이 함께 노동일을 하다가 어머니가 철근에 깔리게 되자 아버지는 어머니를 구하려다 돌아가셨고 그 사고로 어머니는 다리를 절게 되었다는 것이었다.

그날 이후로 절름발이가 된 어머니는 일을 다닐 수 없어 시장 통에서 장사를 하게 되었고 그것이 어머니와 내가 유일하게 살아가야 하는 방법이었고 수단이었다. 그러나 나는 어머니의 절름거리는 모습도 싫었고 시장 통에서 장사하는 것도 창피해서 견딜 수 없었다.

나는 창피함이 심하면 심할수록 이를 극복하는 길은 오로지 열심히 공부하는 길뿐이라고 생각하며 정말 악착같이 공부에만 매달렸다. 어떤 날은 학교 도서실에서 밤을 지새우며 집으로 돌아가지 않았다. 이를 걱정한 어머니가 다음날 학교로 찾아왔다.

"야! 너희 엄마 병신이었냐? 인제 알았네."

어떤 아이들은 어머니의 절름거리는 모습을 흉내 내면서 배꼽을 잡고 웃는 것이었다. 화가 치민 나는 그 아이를 흠씬 두들겨 팼고 나에게 얻어맞은 아이의 부모는 학교를 찾아와 나를 처벌할 것을 학교 측에 강력 요구했다. 그러자 어머니는 무릎을 꿇고 싹싹 빌며 한 번만 용서해달라고 울기까지 했다.

그날 집으로 돌아온 나는 어머니를 앞에 두고 길길이 악을 썼다.

"제발 학교에는 오지 마! 알았어? 창피해서 죽겠단 말이야!"

"그래, 미안하다. 다시는 학교에 가지 않을 테니 너무 화를 내지 마라."

"차라리 엄마가 없었으면 좋겠어. 고아였으면 좋겠단 말이야!"

그러자 어머니는 괴로운 눈물을 흘리셨고 나는 어머니가 슬퍼하는 것은 아랑곳하지 않고 이불을 뒤집어썼다. 어머니가 받았을 상처는 조금도 생각하지 않았다.

그로부터 15년이 지나고 나는 의사가 되었다. 결혼을 한 상태에서 내 병원도 가지게 되었는데 병원은 나와 결혼한 아내의 집에서 마련해 준 것이었다. 이로부터 나는 풍요로운 생활을 누리며 살게 되었다.

어머니를 만난 지는 너무 오래되었다. 의대에 입학하면서 어머니가 보내주는 학비는 언제나 은행으로 송금이 되었고 의사가 되고 결혼을 하는 날도 어머니는 그 사실만 알고 나타나지 않았다. 아니 나타나지 않은 것이 아니라 내가 그러길 원했다. 그래서 아내조차 나에게 어머니가 있다는 사실을 몰랐다.

나는 의사가 된 후 어머니에게 마치 묵은 빚을 갚듯 매달 생활비를 꼬박꼬박 보내는 것으로 그런 불효를 보상받으려 했다.

그러던 어느 날 환자를 진료하고 있는데 간호사가 어떤 노인이 찾아왔다고 하는 것이다. 나가보니 놀랍게도 나의 어머니가 봇짐을 들고서 반가운 마음에 말을 잊고 있었다.

"오랜만이구나."

"……누구시죠?"

"……!!"

어머니의 눈가에 이슬이 맺히면서 어머니가 등을 돌리고 발걸음을 옮긴 것은 지극히 짧은 순간이었다. 그리고 내가 문을 닫은 것은 거의 동시의 일이었다.

창가에 서서 밖을 내다보자 할머니의 모습으로 변한 늙은 어머니가 여전히 남루한 옷차림에 절룩거리는 발걸음으로 걸어가고 있었다. 나는 단절을 다지듯 얼른 커튼을 닫았다.

그런데 이상한 것은 그날 이후 나는 악몽에 시달렸고 어머니의 환영이 어른거려 진료조차 할 수 없었다. 조용히 문을 나선 나는 다시는 돌아가기 싫은, 기억하기조차 싫은 과거의 장소로 차를 몰았다.

시장의 한 귀퉁이, 그곳엔 할머니가 되어버린 내 어머니가 여전히 옛날의 풍경을 그대로 드러내놓고 있었다. 그런 모습을 본 순간, 나는 무의식적으로 어머니에게서 도망치고 싶어 몸을 돌렸다. 그런데 내 발목을 붙잡는 소리가 들렸다.

"할머니는 자식이 없어요?"

"자식이 없긴……, 우리 아들은 서울에서 의사여. 자기 병원도 가지고 있는 걸. 병원 원장이라니까."

"에이, 거짓말. 그런데 왜 이런 고생을 하세요? 자식이 의사면 호강하시고 손자나 보시면서 살 수 있을 텐데요."

"자식이야 그러지, 자기가 편히 모실 테니까 고생하지 말고 올라오라고. 그런데 내가 싫다고 했어. 혼자 사는 게 얼마나 편한데. 살면 얼마나 더 살겠다고 자식한테 신세를 지고 사나?"

"그러면 할머니의 자식이 불효자식이란 소릴 들어요. 고집부리지 마시고 자식한테 가서 편히 사세요."

"누가 우리 아들보고 불효자식이래? 우리 아들만큼만 효자 노릇하라고 해! 얼마나 효잔데. 암, 효자고말고. 생활비와 용돈도 꼬박꼬박 은행으로 송금해 준다니까."

그로부터 일 년이 흘렀고 나는 어머니가 돌아가셨다는 전갈을 받았다.

나의 옛집은 시간의 강을 넘어 세월의 풍상을 견디지 못해 쓰러질 듯이 그 장소에 그대로 남아 있었다. 마치 어머니가 할머니의 모습으로 변하고 생명을 다해 돌아가신 것처럼.

"내가 연락을 했다. 어머니께선 절대 알리지 말라고 하셨지만."

이 분은 다름 아닌 나의 고등학교 때의 담임선생님이었다. 나는 내 어머니를 부끄럽게 여겼지만 항상 내 어머니를 훌륭하신 분이라고 말씀하셨던 선생님. 내가 의대에 입학하고 이곳을 떠난 이후 선생님은 가끔 어머니를 찾아와 말벗이 되어드리곤 하였다고 말씀하셨다.

"내가 가르친 많은 제자 가운데 네가 그래도 가장 훌륭하게 성공하였다. 하지만 나는 한 번도 사람들에게 내가 가르친 제자들을 말할 때 너의 이름을 넣어본 적이 없었다. 너는 네 성공이 자랑스러울지 몰라도 나는 내 제자라는 것을 부끄러워했고 잘못 가르친 제자 때문에 난 너의 어머니 곁을 떠나지 않았다. 너의 어머니에게 용서를 비는 마음으로."

나는 어머니의 영정 앞에서 무릎을 꿇고 하염없는 눈물을 흘리고 있었다.

"그래도 네가 이렇게 찾아왔으니 어머니의 한이 풀렸을 게다. 너무 기뻐하실 테고."

"제가 잘못했습니다."

"이 보따리를 풀어 보아라."

"……?"

"어머니가 네게 남기신 유산이다."

어머니가 남기신 유산이라는 말에 나는 떨리는 손으로 보따리를 풀어 보았다. 그곳엔 놀랍게도 수북이 쌓인 돈뭉치와 통장이 하나 있었다.

"통장은 네가 그동안 어머니에게 생활비로 보내준 돈이 그대로 남아 있는 것이고 돈은 어머니가 장사해서 너를 주려고 푼푼히 모으신 것이다."

"아아……!!"

"어머니는 혹시 네가 병원이 성공하지 못하거나 돈이 필요한 일이 생길지 모른다고 악착같이 돈을 모으셨다. 그러나 어머니의 진정한 사랑은 지금 이것보다 더 크고 넓은 것이란 것을 너는 알아야 한다. ……네가 그렇게 바라고 바라던 대로 너의 어머니는 너의 친어머니가 아니었다."

"서……선생님!"

이게 대체 무슨 소린가. 어머니가 내 친어머니가 아니라니!

"왜 놀라는 거니? 너는 가난하고 절름발이인 어머니를 항상 부끄러워했고 차라리 어머니가 없었으면 좋겠다고 생각하면서 살지 않았니?"

"친어머니가 아니라니 그, 그럴 리가 없습니다."

"사실이다."

그러면서 선생님은 모든 사실을 털어놓았다.

내가 아주 어렸을 적에 길거리에 버려진 나를 어머니와 아버지께서 데려다 키우셨다고 한다. 아버지와 어머니에게는 자식이 없었던 터라 나를 데려다 친자식처럼 키우셨고 그 사랑은 너무도 극진했다고 한다. 다만 공사장을 함께 전전하면서 일을 나가셔야 했던 나의 부모님은 나를 데리고 다니면서 일하는 것을 늘 가슴 아파 하면서.

그러던 어느 날 철근더미 옆에서 놀고 있던 나에게 철근더미가 덮쳤고 잠시 내 곁에서 휴식을 취하며 나의 재롱에 행복해 하던 부모님은 몸을 날려 나를 밀쳐냈고 그 때 사고로 아버지는 돌아가셨으며 어머니는 발을 크게 다쳐 발을 절게 되었다는 사실, 그런 사실을 왜 진작 말씀해 주시지 않고 숨기셨는지 어머니가 그렇게 원망스러울 수가 없었다.

어머니가 나를 찾아 병원을 찾았던 것은 어머니의 병 때문이었다는 사실도 비로소 알 수 있었다. 암이란 진단을 받은 어머니는 암 전문의인 아들에게 진료를 받고 싶어 큰맘 먹고 찾아왔던 것인데 그런 어머니를 나는 모르는 사람이라고 돌려보냈다. 나의 어머니, 나의 어머니를!

나는 다시 영정 앞에 엎드려 통곡하며 이렇게 외치기 시작했다.

"어머니, 왜 속죄할 어떤 여지도 남기시지 않고 돌아가셨나요? 이 불효를 어떻게, 어떻게 감당하라고 말입니다! 어머니, 용서하십시오. 그리고 편안히 쉬십시오, 저는 영원한 어머니의 아들입니다. 당신의 영원한 자식이라고요!'

어느 사랑의 이야기

여자 이야기

저에게는 너무나 사랑하는 남자가 있었습니다. 지금은 내게서 떠나고 없는 사람이지만 한때는 그를 사랑했습니다. 그도 나를 목숨보다 더 사랑하고 있었습니다. 그 사실만은 분명하다는 것을 저는 잘 알고 있습니다. 아니 입발림으로만 나를 사랑했었던 것은 아니었을까요? 내게서 떠난 것을 보면요.

인정하렵니다. 그는 나를 사랑하지 않았다는 것으로. 나에게 정말 다른 삶의 의미로 다가와 죽도록 사랑하게 만들었던 그. 너무나 행복했고 이 사람을 만나게 된 것을 하늘에 감사했었습니다. 수없이 사랑한다고 말했었던 그 사람이었기에 난 그를 의심하지 않았고 그 사랑을 내 모든 행복으로 감사했습니다.

그렇게 우리의 맺어짐이 점점 공고해져 갈 무렵 그러나 나에게는 불행이 찾아들었습니다. 너무도 큰 교통사고를 당한 것입니다.

모든 의식을 잃고 나는 교통사고로 인해 실명을 당하고 말았던 것입니다. 제일 먼저 그를 찾았고 그도 내 곁에서 나의 회복을 위해 많이 애를 썼습니다.

그러던 어느 날 그의 모습은 보이지 않았습니다. 그의 친구가 찾아와 말하길 그는 미국으로 떠났다고 말하는 것이었습니다. 그 말을 듣는 순간 나는 내 처지와 운명을 생각하면서 그 절망의 늪에서 너무 고통스러워 견딜 수가 없었습니다.

앞을 못 보는 나를 두고 그 많은 약속을 버리고 떠난 그 사람을 나는 용서할 수 없다고 생각했습니다. 그러나 이별은 이별 자체에 힘이 있었고 내가 그 사람을 용서할 수 없다는 것은 그저 생각의 언저리에서 맴돌았을 뿐 어떻게 할 도리가 없었습니다.

단 한 마디 변명도 없이 떠난 사람, 너를 사랑할 수 없다고, 아니 이젠 사랑하지 않는다고 말이라도 하고 떠났다면 나는 아마 내 운명을 탓하고 그를 보낼 수 있었을지 모릅니다. 그러나 앞을 보지 못한다고 비겁하게 몰래 미국으로 떠나버린 그는 우리 사랑을 배신한 것입니다.

그 이후 나는 그 사람의 소식을 들을 수 없었습니다. 사랑을 잃은 슬픔을 위로하기라도 하듯 누군가의 헌신으로 안구를 기증한 사람이 나타나 다시 광명을 찾게 된 것을 떠난 사람보다 더 행복하게 잘 살라는 신의 뜻으로 받아들인 나는 그 때부터 교회를 다니기 시작했고 교회에서 새로운 사람을 만나 사랑하다 스물여덟 살 때 결혼을 하였습니다.

그때까지 그 사람에 대한 원망은 사라지지 않았고 그러면서도 한편 그 사랑을 잊을 수 없었지만 그에게 복수하는 마음으로 새로운 사람을 받아들이게 된 것입니다.

저는 지금 행복합니다. 첫사랑의 아픔과 슬픔을 영원히 지울 수 없겠지만 전 지금의 이 사람과 영원히 행복하게 살 것입니다. 지금 나를 버린 그 사람도 다른 여자와 결혼해 행복하게 살고 있을는지 모르지만 나는 그보다 더 행복하게 살 것입니다.

아직도 내 가슴에서 지워지지 않는 그 나쁜 사람.

남자 이야기

나에겐 죽도록 사랑하는 여자가 있었습니다. 아니 그녀를 나는 영원히 사랑합니다. 그녀는 세상 누구와도 바꿀 수 없도록 아름답고 착한 여자이며 나는 그녀를 위해서만 존재했고 앞으로도 영원히 그럴 것입니다.

내가 그녀에게 해줄 수 있는 것은 많지 않았지만 영원히 행복하게 사랑해 줄 수 있다고 믿었고 그녀 외에 다른 사람은 존재하지도 않았고 생각하지도 않았습니다. 그런데, 그렇게 사랑하는 그녀에게 불행이 찾아왔습니다. 아니 이것은 내게도 불행이었습니다. 그녀가 교통사고를 당해 그만 실명을 하고 만 것입니다. 그녀는 이런 현실에 몸부림쳤고 내게도 상상할 수 없는 절망이었습니다. 슬픔에 몸부림치는 그녀를 바라본다는 것은 너무나 가혹한 형벌이었습니다.

내가 그녀를 위해 한 결심은 그리 오래 걸리지 않았습니다. 나는 사랑하는 그녀를 위해 나의 눈을 주기로 했습니다. 목숨까지도 그녀를 위해서라면 줄 수 있다고 생각한 내가 두 눈쯤이야 어려운 것이 아니었습니다.

수술은 성공적이었습니다. 그녀는 다시 세상을 보게 되었고 그 대신 나는 세상을 눈감아 버렸습니다. 그러면서도 이렇게 행복한 마음을 그녀는 아마 영원히 모를 겁니다. 세상을 볼 수 없는 것은 괜찮습니다. 그러나 그녀의 얼굴을 영원히 볼 수 없다는 것은 참을 수 없는 괴로움이었습니다.

이것만 극복되면 좋으련만, 그래서 저는 떠나기로 했습니다. 이런 모든 사실을 그녀가 알면 그녀는 또 다른 고통 속에서 살게 될 것 같아 저는 그녀를 사랑하는 마음을 가슴속에 묻어두고 떠나기로 했습니다.

정말 저는 그녀를 진정으로 사랑했기에 떠나야 했습니다. 친구에게 내가 미국으로 떠났다고 부탁을 해놓고 내가 찾은 곳은 강원도 산 속의 한 암자입니다. 이곳에서 나는 그녀를 추억하면서 그녀를 사랑할 때의 행복한 마음으로 살아갈 것입니다.

얼마 전 그녀가 결혼했다는 소식을 들었습니다.

그 순간, 그녀의 행복을 빌었으면서도 한없이 가슴이 아팠던 것은 저도 어쩔 수 없는 사람이기 때문일까요. 그러나 이내 나는 그녀의 행복을 진심으로 빌었습니다. 영원히 행복하길, 내가 사랑하는 사람.

가마우지 이야기

중국의 계림은 예로부터 신선이 살고 있다고 할 만큼 매우 아름다운 지방으로 사계절 관광객들이 끊이지 않는 곳이다. 그곳에서 살아가는 사람들은 먼 옛날부터 가마우지를 이용해 물고기를 잡는 어업을 생업으로 해 살아가고 있다.

가마우지는 검은 잿빛에다 날지 못할 만큼 작고 보잘 것 없는 날개를 지닌 새로서 길고 끝이 구부러진 주둥이와 긴 목으로 물고기를 재빠르게 물어 채고 커다란 물고기일지라도 쉽게 삼킨다.

이런 가마우지 새를 이용해 물고기를 잡는 것을 가리켜 이곳 사람들은 가마우지 낚시라고 하는데 이는 가마우지의 목 아랫부분을 끈으로 묶어 가마우지가 물고기를 잡아 삼키지 못하도록 한 다음 그것을 꺼내어 낚는 낚시방법을 말한다. 이 가마우지 방법은 관광객들의 모든 시선을 사로잡을 만큼 독특한 방법으로서 이것은 아주 오랜 옛날부터 내려온 전통적인 낚시 방법이다.

다음은 수백 년 동안 이어온 계림 사람들과 가마우지 간의 이야기로서 전설적으로 내려오는 아름다운 이야기다.

어부는 이른 새벽 가마우지를 데리고서 강으로 나갔다. 전통적인 가마우지 낚시 방법으로 고기를 낚기 위해서였다. 강 한 가운데에 이르러 어부가 가마우지의 목을 묶자 이내 주인의 마음을 알아차린 가마우지는 능숙한 솜씨로 물고기를 낚아 올리기 시작했다.

이렇게 가마우지가 물고기를 채 올려 여러 마리의 고기를 잡을 수 있었던 어부는 더 이상 욕심을 내지 않고 이제는 가마우지가 마음껏 물고기를 먹을 수 있도록 가마우지의 목을 풀어주었다. 그러면 가마우지는 물고기를 잡아 배불리 먹었고 어부와 함께 집으로 돌아왔다. 이것은 매일 반복되는 어부와 가마우지의 일과이기도 하였다. 한 번도 어부는 욕심을 내어 가마우지로 하여금 과도하게 물고기를 잡게 한 적이 없었다. 매일 그날그날 필요한 양만큼만 고기를 잡았다.

그러나 그런 일이 한없이 이어질 수만은 없었다. 세월이 흐르자 너무 늙은 가마우지는 더 이상 물고기를 잡을 수가 없었다. 그러자 어부는 그동안 자신을 위해 평생 고기를 낚아준 가마우지를 위해 답례를 하기 시작했다. 혼자의 힘으로 먹이를 잡을 수 없었던 가마우지의 목에 손을 넣어 물고기를 삼키게 해주었다.

그것도 어느 정도 지나자 가마우지는 물고기를 삼킬 힘도 남지 않아 죽을 시간만 기다리고 있었다. 그러자 어부는 날씨가 화창하고 좋은 날, 가마우지를 안고서 강이 한눈에 내려다보이는 언덕에 올랐다. 그리곤 돗자리를 펴고 조그만 상 위에 아주 맛있는 술 한 병을 올려놓고는 가마우지와 마주 앉았다. 힘없는 가마우지를 한참동안 쳐다보는 어부의 눈에는 은혜와 감사의 정이 가득했다.

어부는 정성스럽게 술을 따르더니 조심스럽게 가마우지의 입에다 부어넣어 주었다. 늙고 힘없는 가마우지는 주인이 따라주는 정성스러운 그 술을 받아 마셔 깊이 취하며 눈물을 흘리더니 이내 기다란 목을 땅에 누이는 것이었다. 평생을 동고동락해 온 가마우지의 이런 몸을 쓰다듬으며 하염없는 눈물을 흘리고 있는 어부의 머리도 어느새 하얗게 세어 있었다.

바이올린의 탄생

1516년 9월 12일, 프랑스 르네상스의 아버지이며 부흥자라는 존칭으로 불리는 프랑스와 1세는 파리에서 남동쪽으로 30킬로미터 떨어진 샘의 궁정, 퐁테인블로성에서 성대하게 자신의 생일잔치를 베풀었다.

이 연회는 연례행사의 하나로 조경이 아름다운 뜰 언덕에서 생일을 축하하기 위한 연주회가 열렸다. 예쁘게 차려입은 24명의 아리따운 아가씨들이 옛 현악기의 일종인 테오르브, 비파의 일종인 루트, 중세 때 지금의 바이올린 전신인 비올 등의 현악기를 탔다. 그 절묘한 음악은 그 자리에 모여 감상하던 지체 높고 품위 있는 신사숙녀들을 사로잡고 말았다. 그 중 혼자 비올을 켰던 한 처녀는 외모나 비올을 타는 솜씨가 한층 더 뛰어나서 그 자리에 초대되었던 이탈리아의 화성畵聖 레오나르도 다빈치의 시선을 사로잡았고 그를 무척이나 감동시켰다.

다빈치는 당장 그 아가씨를 불러 르와르 강변의 앙브와즈 근처 쿠우르에 있는 저택으로 와달라고 청했다. 그녀를 모델로 '음악' 이라는 제목의 그림을 그려서 프랑스왕의 궁전에 장식하고 싶다는 것이었다.

그러나 그 처녀는 병을 앓고 있는 오빠의 시중을 들어야 했으므로 파리에서 멀리 떠날 수 없다고 사절했다. 그녀의 오빠 피에트로 다리데를리는 이탈리아 북부 복판의 만토바에서 현악기 제조로 대대손손 이름을 떨쳐온 일가의 아들이었다. 피에트로는 파리야말로 예술의 대도시이니 자기 손으로 만든 악기의 가치를 알아 줄 안식 있는 이들이 많을 것이라 생각하고 파리로 나왔던 것이다. 그러나 생각과는 달리 파리의 내로라하는 일류들은 모두 공연한 허명虛名을 좇아 유명한 사람이 만든 악기만 찾을 뿐 젊은 그가 만든 악기는 거들떠보지도 않았다. 피에트로는 실의와 절망에 빠져 괴로워하다가 현재는 쓸쓸하게 누추한 집에서 병을 안고 허덕이고 있었다.

처녀는 이러한 사정을 다빈치에게 전했다. 그때 다빈치는 아가씨가 감미로운 '칸초네타 다 프리마벨라' 를 훌륭히 켤 수 있었던 비올이 바로 피에트로의 작품임을 알고는 그 솜씨에 깊이 감동하면서 결코 그들을 저버리지 않겠다고 약속했다.

이렇게 해서 어느 날, 다빈치는 파리 빈민가의 누추한 집의 남매를 찾아갔다. 피에트로는 감격한 나머지 병에 시달리다 못해 움푹 팬 볼을 붉히면서 자기의 야심을 털어놓았다. 그는 비올보다 더 짧고 보다 반듯하며 현이 네 줄밖에 없는 새로운 악기를 만들 생각이라며 그렇게 되면 틀림없이 비올과는 비길 수도 없는 완전한 음색을 낼 수 있을 것이라고 설계도까지 보이면서 열띤 설명을 했다.

다빈치는 그 새로운 악기를 자기가 사겠다며 꼭 완성시켜 달라고 피에트로를 격려하고 당장 값을 치르고 돌아섰다. 피에트로는 여윈 몸을 채찍질하면서 밤낮을 가리지 않고 새 악기의 제작에 골몰했다.

약속한 날, 다빈치가 찾아갔더니 악기는 완성되어 있었으나 피에트로는 이미 말도 못할 정도로 몸이 극도로 쇠약해져 있었다. 그는 여동생 카테리나에게 '칸초네타 다 프리마벨라' 연주를 부탁했다. 다빈치는 섬세하게 울려 퍼지는 그 음색에 반해 귀를 기울이며 절로 눈물을 흘렸다. 온갖 헤아림을 초월한, 그리고 이제껏 아무도 들어본 적이 없는 그런 음률이었다. 포플러 나뭇가지를 스치는 바람의 살랑거림, 솟는 샘물의 졸졸거림, 작은 요정의 아름다운 도약, 그리고 사라진 봄을 안타까워하는 영혼의 장탄식, 모든 것이 거기에 담겨 있었다.

그런데 곡조의 마지막 가락에서 첫째 현絃이 째지는 듯 날카로운 소리를 내면서 탁 끊겨 버렸다. 놀라 피에트로를 쳐다보니 젊은 예술가의 혼백은 그가 만들었던 최초의 바이올린 현과 더불어 날아가 버린 직후였다.

3년 후, 프랑스 중서부 투르의 동쪽, 앙브와즈 성城 근처의 쿠우르에서 평생을 독신으로 지낸 다빈치는 67세의 나이로 조용히 숨을 거두었다.

당신은 행복한 사람입니다

아내는 전화교환원이었고 남편은 직업군인이었다. 맞벌이 부부로서 그들은 경제적인 어려움은 없었고 부부애도 남달리 좋았다. 그런데 아내가 어느 날부터인가 눈이 피곤하다면서 일찍 잠자리에 들곤 하였다.

"병원에 안 가봐도 되겠어? 가보는 게 좋을 것 같은데."

남편이 말하자 아내는 이렇게 말했다.

"좀 피곤해서 그래요. 괜찮아질 거예요."

아내는 정말 피곤해서만 그런 줄 알았지 눈에 심각한 병이 있으리라곤 조금도 생각지 않았다. 눈이 심상치 않다고 느껴 병원을 찾았을 땐 이미 수술이 불가피한 상태였고 병원에 입원한 지 약 일주일 만에 아내는 눈 수술을 받았다. 그러나 수술을 받으면 나을 것이라던 아내는 일주일이 지난 후 붕대를 풀었지만 세상과는 암전된 상태였다.

"조금만 더 지나면 보일 거야. 너무 걱정하지 마."

남편은 아내를 위로했고 아내는 남편의 위로를 받아들이면서 불안을 떨치려고 애썼다. 하지만 6개월이 지나면서도 앞이 보이질 않자 아내는 차츰 모든 것을 운명적으로 받아들이면서 침착해지려고 애썼다. "여보, 나 다시 일 나가고 싶어요."

"무슨 소리야. 그건 안 돼! 이제 가정의 모든 일은 내가 책임을 질 테니까 당신은 집에서 아이들과 함께 지내."

"집에 있는 것보다 직장을 나가서 일을 하는 것이 좋을 것 같아요. 직장에서도 나오라고 했어요. 집에만 있으면 잡념이 생겨 더 나쁠 것 같아요."

"정말 할 수 있겠어?"

"전화교환 하는 일인데 뭐 어때요, 나 앞이 안 보여도 잘할 수 있어요."

남편은 그런 아내에게 감사했다. 일을 나가겠다는 아내의 생각이 아니라 세상을 받아들이고 그 세상과 어울려 살려는 아내의 의지가 고마웠다.

아내가 회사에 출근하기로 결정됐다. 그러나 아내와 남편의 근무지가 정반대였기 때문에 매일 데려다 줄 수 없는 것이 문제였다. 남편은 자신이 힘들어도 일찍 나와 아내가 어느 정도 익숙해질 때까지 동행을 하기로 했다. 남편은 아내에게 걸음 수와 주변의 소리를 통해 길을 익히게 하였고 아내는 하루라도 빨리 홀로 서기를 하기 위해 노력을 했다.

한 달 가량이 지나자 아내는 혼자 다닐 수 있을 정도가 되었고 점차 자신감이 생긴 아내는 표정도 조금씩 밝아지기 시작했다.

그렇게 몇 달이 지났다. 아내는 평소와 마찬가지로 버스를 타고 출근을 하였으며 운전기사의 뒷자리에 앉았다. 회사 앞 정류장에 거의 다 왔을 무렵 기사가 말했다.

"부인은 참 행복한 사람입니다."

"무슨 말씀이시죠? 앞도 못 보는 제가 행복한 사람이라고요?"

"그럼요. 부인은 정말 행복한 사람입니다. 매일 아침 부인을 지켜보는 사람이 있잖아요?"

"매일 저를 지켜보는 사람이 있다고요? 누구죠, 그 사람이?"

"모르셨나 보죠? 남편이 매일같이 부인이 내리는 모습을 길 건너편에서 지켜보고 있어요. 그리곤 부인이 회사에 무사히 들어가는 것을 보고는 되돌아간답니다."

세상을 말해주는 사람

어느 병원 병실에 두 명의 환자가 입원해 있었다. 한 환자의 침대는 창문 쪽에 있었고 또 다른 환자의 침대는 문 쪽에 있었다.

두 환자는 공교롭게도 똑같은 척추병과 심장병을 앓고 있어서 일어설 수 없는 처지에 놓여 있었다. 그러나 치료과정의 한 일환으로 의사는 이들 두 환자에게 매일 한 시간씩은 침대 위에 일어나 앉도록 권고했다.

그러나 침대가 창가에 놓인 환자는 문 쪽에 놓인 환자와는 달리 매일 침대에서 일어나 앉아 있을 때마다 창문 밖의 세상을 볼 수 있었지만 문 쪽에 있는 다른 환자는 문 쪽이라서 창문 밖의 세상을 전혀 볼 수가 없었다.

매일 정해진 시간이 되면 창가의 환자는 침대에서 일어나 앉아 바깥을 내다보았다. 그리곤 문 쪽에 있어서 세상을 바라보지 못하는 환자의 답답함을 없애주기 위해 바깥 풍경을 자세히 설명하면서 시간을 보내곤 하였다.

"창밖엔 나무가 많은 공원이 있어요. 거기에서 가족들이 행복하게 거닐고 젊은 남녀들이 팔짱을 끼고 데이트를 즐기고 있군요. 강아지를 데리고 나온 사람들도 있어요."

이렇듯 창가의 환자가 밖의 풍경을 설명해 줄 때마다 문 쪽에 앉아있는 환자는 직접 자신의 눈으로 보고 있는 듯 아주 즐겁게 귀를 기울이고 있었다. 너무 재미있고 실감나게 설명을 해주는 그 환자가 보통 고마운 것이 아니었다.

그러던 어느 날, 문 쪽에 있는 환자는 이런 생각을 했다.

"왜 나는 문 쪽에 있는 침대를 사용하게 되었을까? 나도 저 자리에만 있게 된다면 그런 아름다운 풍경을 바라볼 수 있을 텐데."

그런 생각이 들자 점점 창가에 앉아 있는 환자가 들려주는 밖의 풍경이 아름답지도 않았고 짜증이 나면서 그 환자가 퇴원을 하거나 다른 병실로 왜 옮기지 않을까 하는 생각을 하기 시작하였다.

그러던 어느 날 밤이었다. 창가의 환자가 갑자기 호흡곤란을 일으켰고 다음날 아침, 창가의 환자가 사망한 것을 발견한 것은 담당 간호사에 의해서였다. 그러자 문 쪽의 환자는 얼른 자신을 창가 쪽으로 옮겨달라고 간호사에게 부탁을 했다.

다음날 문 쪽의 그 환자는 창문 쪽의 침대로 옮겨졌다. 그러자 그 환자는 기쁜 마음으로 먼저 창밖부터 내다봤다.

"……!"

그러나 이게 어찌된 일인가! 창밖에는 아무것도 없었다. 맞은편

건물의 담벼락만이 시야에 보일 뿐 죽은 환자가 들려주었던 세상 밖의 풍경은 어디에도 존재하지 않았다.

에필로그

시계가
규칙적으로
그저 원판 위를 돌아가듯
모래시계도
생의 한 구절을 세고 있습니다.
지금 '나' 라는 배가 풍랑에 흔들릴지라도
너울거리는 물살 저편에
물보라 한 방울 닿지 않는
평온한 모래톱이 있다는 것을 기억하겠습니다.

이제
비창의 아리아는
부르지 않으렵니다.
저쯤에서 갈바람이 불어옵니다.

암을 이기는 명상

초판 1쇄 인쇄 2019년 6월24일
초판 1쇄 발행 2019년 6월28일

지은이 | 유현민
펴낸이 | 이정란
펴낸곳 | 이인북스

등록번호 | 2007년 12월 14일 제311-2007-36호
주 소 | (03442) 서울시 은평구 증산로 403-2
전 화 | (02) 6404-1686
팩 스 | (02) 6403-1687
이메일 | 2inbooks@naver.com

값 13,000원
ISBN 978-89-93708-59-2 03810